패
왕
의

별

패
왕의
별

1판 1쇄 찍음 2017년 8월 29일
1판 1쇄 펴냄 2017년 9월 5일

지은이 | 강호풍
펴낸이 | 정 필
펴낸곳 | 도서출판 **뿔미디어**

편집장 | 문정흠
기획 · 편집 | 한관희

출판등록 | 2002년 9월 11일 (제081-1-132호)
주소 | 경기도 부천시 원미구 소향로 17번길(두성프라자) 303호 (우) 14544
전화 | 032)651-6513 / 팩스 032)651-6094
E-mail | bbulmedia@hanmail.net
비북스 | http://www.b-books.co.kr

값 8,000원

ISBN 979-11-315-8078-3 04810
ISBN 979-11-315-2568-5 04810 (세트)

패왕의 별

3부

24

강호풍 신무협 장편 소설

뿔미디어

목차

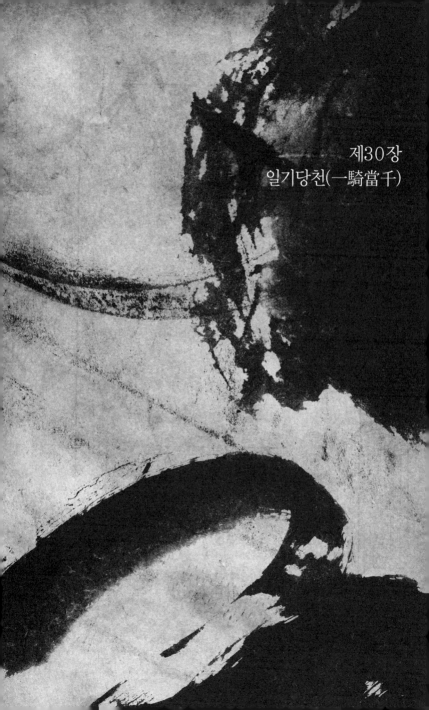

제30장
일기당천(一騎當千)

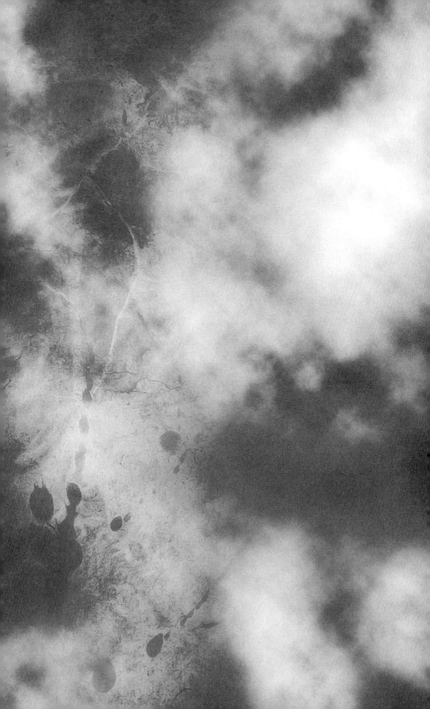

1

손거문은 다가오는 천마검을 보며 피투성이가 된 얼굴로 말했다.

"나는 아직 포기하지…….”

그가 지독한 격통을 참고 몸을 일으키려는데, 수십여 개의 암기가 천마검을 향해 쏟아졌다.

천마검이 미간을 접으며 손을 휘둘렀다.

그의 장풍에 암기 중 절반 가까이가 힘을 잃고 떨어졌다. 하지만 나머지는 속도가 약간 느려지긴 했지만 계속 짓쳐 들었다.

내공이 심후한 고수들이 쏘아낸 암기란 뜻이다. 소수라면 천마검이 무형지기로 막아낼 수 있겠지만, 무려 삼십여 명에 가까운 사파 최고수들이 움직이고 있었다.

천마검은 한숨을 삼키며 땅을 발로 가볍게 차서 몸을 띄웠다. 하지만 암기는 계속해서 천마검을 향해 쇄도했다. 그렇게 암기를 피하는 사이, 사파인들이 들이닥쳤다.

야월화의 명을 받은 고수들.

천응문, 사룡문, 흑호문, 흑살궁, 고음교의 수장들이 총출동했고, 각 문파의 장로들도 나섰다.

그들에게 무상은 반드시 필요한 존재였다.

무상이 이곳에서 죽는다면 향후 사육주는 지금까지 일궈낸 영광을 잃고 혼돈의 진창으로 빠져들 가능성이 높았다.

비록 무상이 천마검과의 일대일 대결에서 패했지만, 그것은 다음에 설욕하면 된다. 한 번의 실수는 유명한 병가에서도 흔히 있는 일이니까.

물론 천마검에게 패했으니 무림이 바라보는 무상의 권위가 많이 떨어질 것이며, 향후 행보에 적지 않은 타격을 줄 것이다.

하지만 그것도 둘러댈 핑계가 있었다.

무상은 천마검과 붙기 전에 정파인들과 혈전을 펼치느

라 내공과 체력을 적지 않게 소모했다고 주장하면 된다.

결국 무상을 살리는 것이 다른 무엇보다 중요했다. 세상의 모든 것이 그렇듯 시간이 흐르면 기억의 빛깔은 바래질 테니까.

무상의 패배도 그럴 것이다. 또한 무상은 이 패배를 딛고 일어나 더 강해질 수 있는 인물이라고 믿었다.

한편, 대산 총표파자도 광혈창을 비롯한 채주 몇 명을 데리고 합류했다.

그가 합류한 이유는 사파의 거두들과는 달랐다.

무상과 싸우느라 힘이 빠졌을 천마검을 이번 기회에 없애지 않으면 두고두고 한(恨)으로 남을 것이란 판단 때문이었다. 그만큼 천마검이 보여준 무위는 충격적이었다.

야월화가 빽빽 외쳤다.

"무상을! 무상을 구해요, 무상을!"

평소의 그녀였다면 천마검을 죽이라는 명도 덧붙였을 것이다. 어쩌면 지금 숨을 돌리고 있는 정파를 공격하라고 했을지도 모른다.

하지만 지금 그녀에게는 피투성이가 되어버린 무상 외에는 아무것도 보이지 않았다.

눈물이 그렁그렁한 그녀는 악을 써 대며 계속 무상을 구하라고 외쳤다.

정파인들은 곤혹스러운 표정으로 서로를 보았다.

자신들에게 공포였으며 가장 위협적인 무상을 천마검이 사실상 제압했다. 그리고 그 천마검을 사파의 고수들이 노리고 있었다.

천마검을 지원해야 하는 건가.

적의 적은 같은 편이라는 말이 있다. 지금 천마검의 경우가 그렇다고 할 수 있었다.

정파인들이 끔찍이 싫어하는 마교의 마인이라고는 하지만, 어쨌든 천마검은 자신들을 도와줬으니까.

모용린이 입을 열어 외쳤다.

"천마검을 도와야 합니다! 이유야 어쨌든 지금 천마검은……."

그녀의 외침은 개방의 한 장로에 의해 끊겼다.

"빙봉! 그는 마교도요!"

남궁수가 성난 얼굴로 말을 받았다.

"지금 그게 중요합니까? 천마검이 아니었으면 우리는……."

남궁세가의 장로가 화들짝 놀라며 남궁수를 제지했다.

"소가주, 마교도를 두둔하다니요! 그자는 우리를 속이고 잠입한 대마두입니다. 또한 진심으로 우리를 도우려는 것이 아니라 자신의 목적에 따라 움직이는 것뿐이에요.”

사실 장로도 빙봉과 남궁수의 말이 옳다고 여겼다. 하지만 옳은 의견이라도 반드시 따라야 하는 경우는 현실에서 의외로 많지 않다.

왜냐하면…… 그것이 바로 이상과 현실이 갖는 부조화였다.

지금 천마검을 두둔한다면 사문에 두고두고 짐이 될 것이다. 그리고 그건 아직 경험이 일천한 남궁수에게 감당하기 어려운 무게로 다가올 것이리라.

그렇게 정파인들은 결론을 내리지 못했다.

심정적으로는 천마검을 도와야 하는 것이 마땅했다. 하지만 태어나면서부터 머리에 각인된 마교도에 관한 선입견, 그리고 마교도를 도움으로써 나중에 같은 정파로부터 받게 될 불이익이 그들의 발목을 잡았다.

정파인들이 옥신각신하며 섣불리 결론을 내리지 못하는 사이, 사파의 고수들이 천마검에게 다가들었다.

빙봉은 망설이는 정파인들을 훑으며 한숨을 삼키다가 천마검을 보았다. 그녀의 입술이 열리며 나직한 음성이 흘러나왔다.

“천마검, 미안해요. 조금만…… 조금만 더 버텨줘요. 그럼 도울 수 있어요.”

그녀는 지금 표사로 위장한 아군이 도착하기만을 기다리고 있었다. 그들이 사파의 뒤에서 들이닥치면, 지금 망설이고 있는 정파인들도 함께 공세에 나설 수밖에 없을 테니까.

그전에 자신의 독단으로 무리하게 공격령을 내리면, 곳곳에서 항명이 터져 나올 공산이 있었다. 지금 사파에 비해 인원도 터무니없이 부족한 정파의 입장에서 그건 반드시 피해야 할 일이었다.

쇄애애액!

거센 파공성과 함께 창이 들이닥쳤다.

천마검은 고개를 젖혀 창을 피하는 동시에 사파인 중 하나가 무상을 빼내는 모습을 흘낏 보며 고소를 삼켰다.

무리한다면 어떻게든 무상의 숨통을 끊을 수 있을 거란 생각이 머릿속에 스쳤다. 하지만 사파의 최고수들 삼십여 명이 계속해서 던져 대는 암기는 결코 무시할 수 있는 것이 아니었다.

'이미 지나간 일이야.'

천마검은 뒤로 훌쩍 물러나며 상념을 털어냈다. 지금은 눈앞의 상황에 집중해야 할 때.

천마검을 놓친 창이 다시 득달같이 달려들었다. 천마검

은 이번엔 피하지 않고 손을 뻗었다.

장창이 천마검의 얼굴 지척까지 근접했으나, 더 나아가지 못했다. 창두 아래의 창간을 천마검이 잡아챈 것이다.

휘익.

창이 옆으로 꺾였다. 그 창의 주인인 고음교 장로는 당황하며 힘을 주었다. 하지만 그의 힘으로는 천마검을 당해낼 수 없었다.

쩡!

창이 부러지면서 고음교 장로, 흉사국(凶邪局)이 중심을 잃었다. 그의 얼굴에 찰나 낭패감이 어리다가 안도의 기색을 머금었다. 천마검의 좌우로 두 명의 동료가 파고들고 있었다.

그걸 본 천마검이 짧게 '훗!' 조소하며 왼손을 휘둘렀다.

텅!

창이 부러지며 허공으로 튀어 오른 창두가 천마검의 왼손에 의해 튕겨 나갔다. 그 창두는 그의 왼쪽으로 파고들던 사파인의 이마에 박혔다.

그야말로 창졸지간에 일어난 일.

콰직!

"컥!"

즉사였다.

그와 동시에 천마검은 공세가 사라진 왼쪽으로 이동하며 우측의 공격을 피하고는, 여전히 잡고 있는 창간을 강하게 잡아당겼다.

"허억!"

몸의 중심을 잡던 흉사국이 놀라며 선택의 기로에 섰다.

끌려가더라도 창을 놓지 말 것이냐, 아니면 창을 버릴 것이냐.

답은 의외로 간단하게 나왔다.

창두를 잃어버린 창은 위협적이지 못하다. 흉사국은 창을 놓았다.

그렇게 흉사국에게는 합리적인 선택이 최악의 결과를 낳았다. 왜냐하면 그의 창은 천마검에게 들어가 봉(棒)이 되었으니까.

부우우웅!

천마검은 봉을 잡자마자 오른쪽으로 휘둘렀다. 계속 그 방향으로 파고들던 중년인은 천마검이 갑자기 봉을 휘둘러 오자 화들짝 놀라며 허리를 숙여 피했다. 하지만 천마검은 빙글 돌며 선풍각으로 그의 얼굴을 때렸다.

콰직!

그가 얼굴을 맞고 뒤로 나자빠졌다.

천마검은 뒤로 물러나는 흉사국에게 곧바로 붙었다.

화아악!

흉사국은 이형환위로 다가온 천마검에게 속으로 진저리를 치며 손을 활짝 펼쳤다.

흉사국의 절기 중 하나인 흑영장(黑影掌), 흑빛의 장력이 뿜어졌다.

콰아아앙!

흑영장이 천마검의 벌거벗은 상체를 강타했다. 흉사국은 쾌재를 부르려다가 헛바람을 토해냈다.

"어?"

천마검은 흑영장을 맞고도 튕겨 나가거나 물러나지 않았다. 계속해서 봉을 내리그을 뿐.

쾅!

봉이 흉사국의 정수리를 강타했다.

"컥!"

그러더니 튕겨 나온 봉이 그의 목을 때렸다.

콰직.

흉사국은 비명도 지르지 못하고 옆으로 엎어졌다. 그러고는 일어나지 못했다. 목뼈가 부러진 것이다.

부우우웅.

봉이 맹렬하게 천마검의 손에서 빙그르르 돌며 다가오는 사파인들을 노렸다.

째째째애앵!

세 개의 병장기와 충돌했고, 그 날붙이들을 모조리 튕겨냈다. 그런 후, 천마검이 그 중간에 있는 노인을 향해 바짝 붙었다.

슈우우욱.

그의 주먹이 노인의 가슴을 노렸다. 노인은 튕겨 나간 유엽도를 회수하는 동시에 왼손으로 천마검의 주먹을 막았다.

턱!

"헉!"

노인의 입에서 놀람인지, 신음인지 알 수 없는 단말마가 튀어나왔다.

천마검의 주먹을 막은 손바닥이 뒤로 젖혀졌다. 너무 뒤로 젖혀져 손목뼈가 나가 버렸다. 그럼에도 주먹은 계속 전진해 가슴을 찍었다.

콰직!

"으아아악!"

그가 피 분수를 뿌리며 비명과 함께 뒤로 붕 떠서 날아갔다. 천마검이 땅을 차더니, 그 노인의 위쪽 허공을 향해 몸을 날렸다.

파앗! 콰직!

천마검이 허공에서 날아가는 노인의 얼굴을 찍으며 땅
에 내려섰다.

슈슈슈슈슛.

네 방위에서 날붙이들이 쇄도했다. 천마검은 이미 죽은
노인의 얼굴을 으깨며 위로 살짝 솟구쳤다.

날붙이 네 개가 아슬아슬한 차이로 천마검이 있던 자리
에 들어섰다. 그러자 그 위로 천마검이 착지했다.

그걸 본 모든 이들의 얼굴에 황당한 기색이 드러났다.
하수도 아닌 고수들의 합격이다. 그런 고수들의 병장기
위에 몸을 띄웠다가 내려앉다니!

그런 생각이 섬전처럼 뇌리를 스치는 순간, 그보다 더
빠르게 천마검의 봉이 돌았다.

휘이잉!

퍼퍼퍼펑!

네 고수의 머리가 터져 나가며 피와 뇌수가 허공에 뿌
려졌다.

"이, 이놈이!"

사파의 십대고수 중 한 명인 흑호문의 문주, 흑전향이
이를 갈며 달려들었다.

천마검은 쇄도하는 그를, 아니, 그가 가지고 있는 검을 보며 고개를 끄덕였다.

"괜찮은 검이군."

말이 끝나기 무섭게 천마검의 봉이 손을 떠났다.

쇄애액!

흑전향은 검으로 봉을 쳐내려다가, 그 봉에 담긴 힘이 예사롭지 않음을 간파했다.

그렇다면 막기보단 피하는 것이 현명했다.

그가 허리를 숙이며 봉을 피하는 순간, 눈을 치켜떴다. 봉을 던진 천마검이 봉 바로 뒤에서 덮쳐 왔다.

'빠, 빠르다!'

그는 숙이던 허리를 옆으로 비틀며 팔을 내질렀다.

쇄애액!

검이 놈을 베기 직전, 천마검이 갑자기 멈췄다.

흑전향은 천마검의 속도보다 그렇게 빨리 움직이다가 바로 멈출 수 있다는 사실에 더 큰 충격을 받았다.

검이 애꿎은 허공만 베며 지나갔고, 천마검이 발을 내디뎠다.

주먹과 함께.

콰직!

"컥!"

얼굴을 얻어맞은 흑전향이 고개를 뒤로 젖혔다. 몸뚱어리도 뒤로 밀려나는 듯했지만, 천마검이 손을 뻗어 팔을 움켜쥐었다.

흑전향이 검을 쥔 팔을.

우두두둑!

팔꿈치가 뒤로 꺾이며 부러졌다.

"으아아악! 이이, 개자식이!"

천마검은 힘을 잃은 흑전향의 손에서 검을 넘겨받으며 대꾸했다.

"입이 거칠군."

흑전향이 몸부림치며 발을 뻗었다. 하지만 천마검은 그런 흑전향의 아랫배에 먼저 발을 쑤셔 박았다.

"으아아악!"

단전이 있는 곳이다. 흑전향은 단전이 깨지는 고통에 주변이 떠나가라 비명을 질렀다.

쇄애애액!

마침내 절대고수인 녹림의 총표파자, 대산의 기형도가 다가왔다. 가장 후위에 있던 그는 이형환위를 써서 나타나 천마검의 목을 노렸다.

천마검의 눈에 이채가 스쳤다.

움직임이나 칼의 속도, 그리고 그 안에 담겨 있는 힘으로 보아 무시할 수 없는 고수임을 직감했다.

동시에 그는 잡고 있던 흑전향의 팔을 들어 올렸다.

서걱!

흑전향의 목이 허공으로 날아갔다.

어찌 됐든 같은 편의 숨통을 끊은 것인데 대산의 눈동자는 차가웠다. 그는 연계 동작으로 기형도를 빠르게 움직였다.

마치 도막과도 같은 수많은 도영이 허공에 피어나서 천마검에게 쇄도했다.

천마검은 지척에서 뿌려지는 가공할 공세를 보며 검을 몇 차례 그었다.

쉬이익! 파파파팟!

그러자 그 검에서 피어난 기운이 대산의 도영과 도풍, 그리고 강기를 단숨에 소멸시켰다.

퍼퍼퍼퍼퍼어엉!

천마검의 검은 수비로 끝난 것이 아니라 앞으로 더 나아갔다.

쇄애액! 쩡!

대산이 천마검의 칼을 쳐내며 인상을 썼다. 그러더니 뒤로 열 걸음을 단숨에 물러나 거칠어지려는 호흡을 갈무리하고 말했다.

"과연…… 천마검. 명불허전이군. 상황이 이렇지만 않았다면 박수를 쳐주고 싶을 정도야."

천마검은 검을 쥔 손을 흘낏 내려다보며 피식 웃었다.

약간의 경련.

"절대고수였나? 그 정도까지는 아닌 줄 알았는데."

"……."

"그렇다면 당신이 총표파자겠군."

대산은 크게 심호흡하며 주변을 빠르게 훑었다. 함께 움직인 사파의 고수들이 천마검을 철통같이 둘러싸고 있었다.

그들은 모두 깨닫고 있었다.

천마검에 관한 소문은 모두 사실이었다는 걸.

솔직히 천마검이 무상을 이긴 것은 예상 밖이었다. 하지만 무상을 상대하면서 적지 않게 내공을 소진했다 여겼다. 그렇기에 대산 총표파자의 생각처럼 이 자리에서 천마검을 죽이리라 별렀다.

하지만…… 그것이 쉽지 않으리란 걸 뼈저리게 느끼고 있었다. 어쩌면 이곳에 있는 사육주의 최고수들 중 상당수가 황천길을 떠날지도.

대산이 천마검을 포위한 동료 사파인들을 보며 말했다.

"이 자리에서 반드시 천마검을 죽인다."

모두가 내공을 가득 끌어 올리며 고개를 끄덕였다.

평소라면 대산 총표파자의 명 따위에 움직이는 자들이 아니었다. 하지만 지금은 상황이 변했다.

서른 명에 가까운 초고수들이 기운을 있는 대로 끌어 올리자 주변의 공기가 또다시 미친 듯 바람을 일으키기 시작했다.

천마검은 대산과 자신을 둘러싼 사파의 거두들을 가볍게 훑고는 묘한 한숨을 내쉬며 고개를 끄덕였다.

"이 정도의 전력이라면 그런 큰소리를 칠 만하지. 쉽지는 않겠어."

그러자 뒤쪽에 있는 사파인들도 천천히 움직이기 시작했다. 결국 기절한 무상을 본 야월화가 천마검을 확실하게 끝장내기 위해서 병력을 움직이기 시작한 것이다.

그걸 본 대산이 미소를 머금었다.

"홋, 천하의 천마검도 어쩔 수 없는 상황이니 현실을 인정하는 건가? 순순히 항복하면 고통 없이 끝내주지."

대산은 웃으며 말했지만, 그의 눈은 여전히 차갑게 천마검을 노려보았다. 단 한순간의 틈도 보이지 말아야 한다. 또한 한순간의 틈이라도 찾아야 한다.

천마검은 무상을 상대로 이겼다.

그 얘기인즉, 천마검을 잡기 위해서는 이곳에 있는 자

들 중 절반 이상의 희생이 나올 것이란 뜻이다.

그것도 모두가 최선을 다해야 한다는 전제가 있어야 한다. 일부라도 살기 위해 몸을 사린다면, 그건 치명적인 재앙으로 돌아오리라.

대산은 자신이 굳이 말하지 않아도 이 자리에 있는 사파 고수들 모두 똑같이 생각하고 있을 거라 짐작했다.

물론 정 상황이 꼬인다면 뒤쪽의 사파인들을 전면에 내세우는 것도 고려할 만했다.

아무리 강한 고수라도 인해전술은 감당할 수 없다. 게다가 그것이 무려 일만 군세라면 말이다. 내공이 아무리 심후해도 인간의 체력이란 한계가 있는 법이니까.

하지만 그건 가능하면 피하는 것이 좋았다. 피해가 너무 커질 테니까.

천마검은 어깨를 으쓱하고 대꾸했다.

"나 혼자라면 너희가 원하는 그런 결과가 나올 수도 있겠지. 그런데……."

대산이 코웃음을 치며 천마검의 말허리를 끊었다.

"흥! 정파인들이 너를 도와줄 것이라고 생각하느냐? 어리석구나. 저들은 우리보다 너희 마교를 더 끔찍하게 증오한다."

천마검은 슬쩍 고개를 돌려 모용린을 중심으로 모여 있

는 정파인들을 보았다. 그러자 정파인들의 곤혹스러워하는 표정이 들어왔다.

꽤 거리가 있었지만 천마검은 그들의 표정을 읽었다.

천마검은 쓴웃음을 깨물면서도 나쁘지 않다고 생각했다.

저들은 정파인이다.

마교주가 이끄는 세력에 의해 죽은 가족이 있을 것이고, 스승이나 사형 혹은 사제도 있을 것이다.

그런 데도 불구하고 지금 훑어본 정파인들의 표정은 혼란에 휩싸여 있었다. 일부는 마교도인 자신을 돕고자 강경한 주장을 하는 이들도 있는 것 같았다.

괜찮다는 느낌이었다.

훗날 패왕의 별이 된다면, 그렇게 진심을 전하면 되는 것이다.

한 번, 두 번…… 그렇게 상대가 진심을 받아들일 때까지. 천류영이 진심으로 상대방에게 다가가듯.

대산이 말했다.

"하나만 묻자."

"……?"

"우리가 암기를 던지며 다가올 때, 너는 왜 도망치지 않았지?"

"……."

대산은 이를 갈고 있는 사파인들을 흘낏 보며 말을 이었다.

"설마 네가 우리 일만 군세를 다 감당할 수 있다고 생각한 건 아닐 테고……. 뭐랄까, 천마검답지 않다고 해야 할까? 혹 무슨 꿍꿍이가 있는 건 아닌 것 같고."

천마검이 씩 웃고 말했다.

"나 혼자 일만 병력을 상대하는 건 확실히 말이 안 되지."

"그런데 왜……."

"나는 혼자가 아니니까."

"후후후, 정파인들이 너를 도울 거라는 희망을 아직도……."

천마검이 대산의 말을 끊었다.

"나에겐 아주 믿음직한 친구가 있거든."

"……?"

대산과 사파의 고수들이 어리둥절한 눈빛을 짓는 가운데 천마검이 말했다.

"이제 오는군."

그의 말이 끝나기 무섭게 사파인들의 뒤쪽에서 함성이 일었다.

사파인들이 당황하는 가운데 천마검이 대산을 보고 씩 웃었다.

"천마검답지 않다고 했나? 그렇다면 천마검다운 것이 뭔지 보여주지."

2

모용린은 일만 군세, 정확히 말하면 약 구천여 사파인들까지 천마검을 향해 천천히 이동을 시작하자 입술을 깨물었다.

이대로라면 천마검은 무조건 죽게 될 것이다.

그건 정말이지 염치없는 일이었다.

천마검은 자신의 큰 그림과 천류영을 위해서라고는 했지만, 결과적으로 보면 정파를 돕기 위해 팔을 걷어붙였다. 그런데 그가 죽을 위험에 처했는데 이렇게 지켜만 보고 있어도 된단 말인가?

모용린은 자책하고 탄식하며 중얼거렸다.

"린아, 린아. 나는 아직 한참 모자라구나."

그녀는 스스로를 부르며 주먹을 움켜쥐었다. 항명이 있다고 하더라도 더 이상 양심을 외면할 수는 없었다.

천류영과 만나고 그와 교류하면서 자신은 변했다. 그런

데 또다시 이렇게 양심을 외면한다면, 다음에도 그럴 것이다.

천마검 백운회는 무상에게 말했다.

논리가 막히니 힘을 앞세우는 것, 그것도 습관이라고. 마찬가지다.

한 번 양심을 외면하면 다음에도 그렇게 될 것이다. 어쩔 수 없는 현실을 탓하며, 그렇게 자신도 양심을 외면하는 일에 익숙해지고 말 것이리라.

모용린은 힘주어 외쳤다.

"전원 공격 준비! 천마검을 구합니다!"

그녀의 말에 정파인들이 술렁거렸다. 일부는 고개를 끄덕이며 동의하는 낯빛이었고, 일부는 불편한 기색으로 혀를 찼다. 그리고 상당수는 알 수 없는 표정으로 침묵했다.

그때, 한 노인이 카랑카랑한 목소리로 물었다.

"대마두인 천마검을 돕는 명령을 내리시면, 빙봉께서는 그 뒷감당을 하실 수 있겠습니까? 어차피 사파와는 싸워야 하지만, 천마검을 돕는 건 위험합니다."

그 말이 끝나기 무섭게 한 낭인 청년이 투덜거렸다.

"젠장, 답답하긴! 천마검이 없었으면 여기 있는 우리 모두는 지금쯤 무상에게 다 뒈졌다고!"

조금 떨어져 있는 청년의 말을 들은 노인이 눈살을 찌

푸렸다. 하지만 그 노인이 뭐라 하기도 전에 바로 옆에 붙어 있던 중년인이 빙봉에게 질문을 던졌다.

"빙봉 사령관뿐만 아니라 빙봉의 사문인 모용세가에도 우환이 닥칠 수 있습니다. 괜찮겠습니까?"

중년인이 던진 질문이 핵심이었다. 기실 많은 이들은 지금 천마검을 도와야 한다고 믿고 있었다. 마교와 원한 관계를 가진 사람들 중에도 그렇게 생각하는 이들이 적지 않았다.

천마검이 죽은 다음엔 자신들 차례였다. 그렇다면 천마검을 도와 힘을 합치는 것이 조금이라도 승산을 높일 수 있는 방법이었다.

하지만 자신들이 가지고 있는 배경이 걸렸다.

천마검을 도우려는 자신들의 선택이 사문에 어려운 상황을 초래하게 될 공산이 높았다.

많은 이들의 눈이 모용린에게 쏠렸다. 모용린은 특유의 차가운 미소를 머금고 차분하게 대꾸했다.

"까짓거, 파문당하죠."

"……!"

"사문에서도, 그리고 정파무림에서도."

많은 이들이 말문을 잃었다.

모용린은 자신을 바라보는 이들을 훑으며 말을 이었다.

"뭐, 그전에 죽기 십상이지만 말이죠."

처음 질문을 던진 노인이 불편한 기색으로 말을 받았다.

"이곳에 모인 이들이라면 죽음을 두려워하는 게 아니란 것, 빙봉도 잘 알고 있잖소."

모두가 고개를 끄덕였다.

승산이 희박한 전투였다. 그런 전투에 나선 이유는 오직 하나다.

명예.

그러자 모용린이 눈을 빛내며 대꾸했다.

"협을 행하고, 책임을 다하며, 명예를 지켜라. 그러기 위해서라면 죽음도 두려워해서는 안 된다. 그게 무사다."

"……."

"누구나 다 아는, 주옥같은 말이죠. 그리고 저와 여러분은 그것을 따르기 위해서 도망가지 않고 이 전투에 나섰습니다."

모용린은 쓰게 웃고는 말을 이었다.

"예, 진짜 중요한 것을 제가 깜박 잊고 있었네요."

노인이 물었다.

"그게 뭡니까?"

"애초에 이 전투에 나선 이유."

"……?"

"무림서생은 하늘도 버린 이 땅에 희망과 웃음을 되찾아주었습니다. 그리고 우리는 그것을 지키기 위해 도망가지 않고 이 전장에 섰습니다."

"……."

"마교의 대마두가 몰래 잠입해서 싸우고 있다? 그건 불쑥 튀어나온 돌발 변수일 뿐입니다. 중요한 건, 우리가 왜 이 전장에 나섰냐는 겁니다. 협을 행하고, 책임을 다하며, 명예를 지키기 위해서였습니다. 그런데 지금 저는, 그리고 우리들은 그 위대한 명제를 천마검이란 한 사람에게 맡기고 구경만 하고 있습니다."

"……."

"천마검은 마협이라 스스로 말하며 무림서생을, 그리고 우리를 몰래 도왔습니다. 그는 흑도니 백도니 하는 진영 논리가 아니라…… 무사가 지켜야 할, 협을! 책임을! 그리고 명예를 지키고 있는 겁니다!"

"……."

"부끄럽고 참담합니다. 왜냐하면…… 저는 자랑스러운 정파인이기 때문입니다. 그렇기 때문에 자존심이 상합니다. 우리가 멸시하는 마교도도 저렇게 협과 책임, 그리고 명예를 위해 싸우는데, 우리는 그냥 구경만 하고 있잖습니까? 이것이 과연 올바른 겁니까?"

"……."

"모든 것은 제가 책임지겠습니다. 나중에 여러분께 손가락질하는 이들이 있다면, 저에게 책임을 돌리세요. 사령관의 명 때문에 어쩔 수 없었다고. 전투 중 항명은 즉결처분도 가능한 중죄이니, 일단 따를 수밖에 없었다고."

그때, 피투성이인 팽가주가 나섰다.

팔대세가 중 하나인 팽씨세가의 수장인 그의 말은 묵직했다.

"빙봉의 그 책임, 나눠 지지."

그가 자신을 바라보는 정파인들을 훑으며 물었다.

"지금 천마검이 우리의 적인가?"

"……."

"나중에 적으로 만나면, 그때 싸우자. 그러면 된다. 하지만 지금은 아니다. 지금은……."

팽가주의 고개가 옆으로 돌았다. 천마검이 있는 방향이었다.

팽가주는 뜻 모를 한숨을 내쉬고 말을 이었다.

"지금은…… 그가 고맙다."

근처에 있던 정파의 십대고수인 철혈무성이 입을 열었다.

"동감입니다."

그때, 천천히 움직이는 사파의 대군 뒤에서 함성이 울렸다.

모용린은 눈을 화등잔만 하게 떴다.

아직 아군이 당도하려면 시간이 더 있어야 하는데…….

놀라면서도 다행이었다.

그녀가 소리 높여 외쳤다.

"아군입니다! 지원군이 오고 있습니다! 모두 나아가 싸울 채비를 하세요!"

정파인들의 눈빛이 변했다.

빙봉뿐만 아니라 명숙들까지 천마검에게 호의를 보이는 와중에 등장한 지원군.

그렇다면 답은 하나다.

지금은 무조건 싸울 때다.

단 위에 있는 모용린이 힘주어 공격령을 내리려다가 눈을 껌벅거렸다. 그리고 자신도 모르게 혼잣말을 중얼거렸다.

"왜 병력이…… 이백여 명밖에?"

그녀의 머릿속이 핑핑 돌기 시작했다. 그녀의 눈에 펄럭이는 거대한 깃발이 들어왔다.

칠조(七組)!

"칠조?"

그와 동시에 선두에서 말을 타고 달리는 사내가 보였다.

섬마검 관태랑.

책사답게 전후 사정을 재빨리 파악한 모용린의 입가에 처음으로 미소가 맺혔다. 그녀는 자신도 모르게 고개를 절레절레 저었다.

큰일이었다.

천마검도 그렇고, 섬마검까지.

마교도들이 이렇게 고맙고 멋있어서야.

천마검을 포위한 이들은 느닷없이 들려오는 함성에 얼굴을 찌푸렸다. 하지만 그들 대부분은 상당한 고수들.

일만 군세 뒤에서 이는 함성이라 볼 수는 없지만, 소리만으로도 어느 정도의 병력인지 어림잡아 추정할 수 있었다.

대산은 어깨를 으쓱하고 천마검을 향해 말했다.

"기껏해야 몇 백이 기습한다고 대세가 바뀌진 않지. 후후후. 천마검, 어디 한 번 구경해 볼까? 천마검다운 것이 어떤 것인지."

그는 말하면서 눈짓으로 좌우에 있는 광혈창과 수한채

의 채주인 녹림부왕(綠林斧王)에게 공격 준비를 하라고 지시를 내렸다.

사오주의 고수들도 잠깐 당황한 표정을 풀고 천마검에게 집중했다.

특히 천응문과 사룡문, 흑살궁, 그리고 고음교의 수장들이 앞으로 나섰다. 무상이 패했을 뿐만 아니라 흑호문주가 죽었다.

원한, 복수심.

신앙 같은 무상마저 패퇴시킨 천마검의 무위가 저어되기는 했으나 이젠 남에게 미룰 일이 아니었다. 또한 절대고수인 대산도 협공하는 것이니만큼 제아무리 천마검이라도 살 확률은 없었다.

그런 이유들로 천마검을 죽이는 큰 전공에 동참하려는 것이었다.

천마검도 소리를 통해 예정된 팔백 명보다 인원이 적다는 것을 간파했다. 그리고 그도 모용린처럼 씩 웃었다.

'역시 관태랑이군.'

상황이 뒤틀렸으니 전술도 바꾼 것이리라.

그렇다면 관태랑의 의도에 맞춰서 적의 혼란을 극대화시키기 위해 움직여 줘야지.

천마검이 오른발을 앞으로 내디뎠다.

"그래, 천마검다운 걸 똑똑히 보여주지."

그렇게 발을 내디딘 순간, 그의 신형이 사라졌다.

퍼엉!

극성의 이형환위.

천마검이 대산의 앞에 나타나 검을 내리그었다.

슈가앗!

대산은 히죽 웃으며 한 발 빠졌다. 대신 광혈창과 녹림 부왕이 창으로 찌르고 도끼로 베었다.

파아앗! 쇄애액!

사파의 네 수장도 천마검을 향해 움직였고, 뒤에 있는 장로들도 기회를 엿보았다.

천마검은 매의 눈으로 다가오는 창과 도끼를 보았다.

창이 더 빠르다.

쨍, 슈캉!

그의 검이 창을 비스듬히 쳐내고, 그 반탄력으로 도끼를 쳐냈다. 하지만 창과 도끼는 슬쩍 방향을 트는가 싶더니 다시 천마검을 노렸다. 그리고 이번엔 대산의 기형도도 합세했다.

파아아앙!

세 개의 날붙이가 천마검의 칼을 거의 동시에, 그것도 강력한 힘으로 때렸다.

세 명과 한 명의 힘이 충돌했다.

콰아아앙!

폭음이 터졌다.

그러더니 천마검의 몸이 허공으로 붕 떴다. 대산이 살기가 번지르르한 눈빛으로 외쳤다.

"죽여라!"

뒤로 팽개쳐져 날아가는 천마검을 잡으려고 네 명의 수장이 동시에 몸을 도약시켰다.

광혈창과 녹림부왕도 땅을 박차고 몸을 날렸다.

파라라라라!

천마검을 덮치던 그들의 눈동자가 흔들렸다.

광혈창이 외쳤다.

"아니다!"

뭐가 아니란 말일까?

천마검이 녹림 세 고수의 힘을 감당 못하고 튕겨 나간 것이 아니란 뜻이다. 천마검은 충돌하는 순간, 반탄력을 이용해 뒤로 경신술을 펼쳤다.

주로 허공으로 몸을 치솟게 하는 어기충소를 몸을 뒤로 빼내는 방법으로 구사한 것이다.

파파파팟.

네 명의 수장이나 광혈창, 녹림부왕은 어기충소를 구사

한 천마검을 놓쳤다. 포위하고 있던 고수들이 뒤늦게 천마검을 노렸지만, 그들도 허를 찔린 건 마찬가지.

천마검은 삽시간에 포위망 밖에 착지하고는 고개를 돌려 호탕하게 웃었다.

"하하하! 고작 서른 명 가지고는 성이 안 차서. 나는 천마검이니까 말이지."

그를 쫓는 대산과 고수들의 얼굴이 분기로 붉어졌다. 하지만 천마검은 더 빠른 속도로 일만 군세를 향해 달렸다.

녹림부왕이 그러한 모습에 치를 떨며 중얼거렸다.

"미친! 천마검답다는 것이 저런 자살행위란 말인가!"

그 곁에서 달리는 광혈창이 고개를 저으며 반박했다.

"형님, 최고수들 대부분이 여기에 있습니다. 천마검이 우리 진영 안으로 파고들면…… 늑대가 양 떼 속으로 뛰어드는 것과 진배없단 말입니다. 결국 천마검을 잡을 수는 있겠으나 피해가 걷잡을 수 없이 커질 겁니다."

그제야 녹림부왕의 얼굴이 일그러졌다. 대산이 다급한 어조로 외쳤다.

"잡아, 파고들기 전에 죽여라!"

대산은 알 수 없는 불길한 예감이 들었다. 혹 뒤에서 기습하는 별동대와 무슨 연관이 있는 건 아닐까?

그때, 원진을 구축하고 있던 정파인들이 함성을 지르며 노도처럼 달려 나왔다.

대산의 얼굴이 일그러졌다.

뭔가 꼬이는 느낌이 강하게 들었다. 물론 정파인들이, 그리고 천마검이 어떤 꼼수를 쓰더라도 이 전투에서 자신들이 패하는 것은 상상할 수조차 없었다.

하지만 피해가 과하면 그것을 과연 승리라고 할 수 있을까?

자신들은 결국 마교하고도 일전을 겨뤄야 한다. 그런데 이곳에서 피해가 커지면 마교와의 싸움이 부담스러워질 수밖에 없었다.

이를 바드득 갈던 대산의 얼굴이 조금 풀렸다.

야월화가 명을 내렸는지는 몰라도 녹림의 채주들과 사오주에서 이곳에 나오지 않은 고수들이 앞으로 튀어나왔다.

"다행이군. 확실히 저 계집이 상황 판단은 좋단 말이지. 무상 때문에 판단력이 흐려지면 어쩌나 싶었는데……."

미소를 회복하던 대산의 얼굴이 다시 딱딱하게 굳었다. 빠르게 천마검을 쫓던 이들도 마찬가지였으며, 천마검을 막으려고 나오던 고수들도 입을 쩍 벌렸다.

천마검 백운회.

그가 허공을 밟으면서 달렸다.

천상제!

대산이 숨을 들이켜며 중얼거렸다.

"미친……."

그의 짧은 욕설이 천마검을 지켜보는 모든 이들의 심정을 대변했다. 대산은 자신도 모르게 몸을 부르르 떨었다.

자신도 허공에 몸을 띄우고 서 있을 수 있다. 천천히 허공을 걸을 수도 있다.

그런 것이 절대고수가 펼칠 수 있는 천상제라는 것이니까.

그런데 지금 천마검의 천상제는 기록에도 없고, 들은 바도 없는 천상제였다.

허공을 마치 땅에서 이동하는 것처럼 달리다니!

천마검은 거대하게 운집해 이동 중이던 사파인들의 진세 위, 허공에 다다랐다. 그리고 서서히 속도를 줄이더니 이제는 천천히 걸었다.

기가 막히면 말이 없어지는 걸까?

사파인들은 불신의 눈빛으로 자신의 머리 위, 허공을 밟고 걷는 천마검을 보았다.

저자를 정말 사람이라고 부를 수 있는 걸까?

누군가가 천마검을 향해 암기를 던졌다. 하지만 그것들은 천마검이 가볍게 내젓는 손짓에서 흘러나오는 무형지기에 맥없이 떨어져 내렸다.

단 위에 서 있는 모용린도 손바닥으로 이마를 짚으며 이 말도 안 되는 광경에 혀를 내둘렀다.

"천마검…… 당신은 대체……."

뭐라고 말해야 할까?

괴물이라고?

아니, 그건 적절한 표현이 아니었다.

"전설의 마신지경……. 맞군요. 정말로 마신이 있다면 저런 경신술을 펼칠 수 있겠어요."

그녀의 말이 끝나는 순간, 천마검의 신형이 구천여 사파인들 한가운데로 벼락같이 내리꽂혔다.

문상 야월화는 뒤에서 기습해 오는 이백여 정파인들을 보고는 눈살을 찌푸리다가 비웃었다.

저 정도의 인원은 딱히 지시를 내릴 필요도 없었다. 알아서 달려왔다가 알아서 산화해 가겠지.

다만, 조금 신경이 거슬리는 건…… 깃발에 적혀 있는 칠조란 글자였다.

일곱 번째 부대란 뜻인데…… 혹시 다른 부대도 있는

걸까?

야월화는 아마 저걸 본 수하들도 자신과 같은 의혹이 생겼으리라 생각했다.

그렇다면 어떻게 대처하는 게 좋을까?

그녀의 머리는 사실 뒤죽박죽이었다.

무상이 입은 중상 때문에 피가 바짝바짝 마를 지경이었다. 후유증이 깊지나 않을지.

무상으로 인해 너무 가슴이 아파서 심안이 발동하고 있는 건지 아닌 건지도 분간이 안 될 지경이었다.

그녀는 기습해 온 칠조에 대해서는 신경을 껐다. 설사 다른 부대가 있더라도 지금 대처하기엔 무리가 있었다.

그건 다른 부대가 나타나면, 그때 해도 늦지 않을 것이다. 하지만 천마검의 경우는 달랐다.

만약 놈이 빠져나가거나, 더 난동을 피운다면?

어떤 경우라도 향후 사파의 사기가 급전직하할 것이다.

반드시 이곳에서 죽여야 한다.

복수!

천마검이 달려오는 것을 보며 잠깐 당황했지만, 이내 웃을 수 있었다.

놈이 도망가는 것보다는 백배 나으니까!

"천마검, 네놈 의도를 모를 것 같으냐? 고수들을 피해

안으로 파고들어 혼란을 극대화시키려는 거겠지. 그런 다음 정파가 합류해 난전으로 유도한 다음에 빠져나가려는 술책. 하지만 어림없다!"

그녀는 만에 하나의 경우를 대비해 사오주의 고수들과 녹림의 채주들을 주변으로 불렀다. 지금처럼 천마검이 포위망을 뚫고 무상을 노리려는 극단적인 수법을 쓸지도 모른다는 불안감 때문이었다.

그녀는 그 고수들로 천마검의 앞을 막았다.

그러다…… 천마검이 펼친 천상제에 말문을 잃었다. 그녀가 충격 어린 눈으로 천마검을 보는데, 그가 마침내 허공에서 멈췄다.

야월화는 가슴을 움켜쥐었다.

심안이 격렬하게 발동했다.

천마검은 땅으로 내려서기 전에 정파의 이백여 기습조를 보았다.

그 선두에서 말을 타고 달려오는 관태랑.

천마검은 그를 보며 씩 웃었다.

이제 세상은 알게 될 것이다.

섬마검이 말을 탔을 때 얼마나 멋지고 가공할 위력을 보여주는지.

그래서 천마검은 천랑대원들에게 일기당천이란 말은 섬

마검을 위해 만들어진 거라고 종종 말하곤 했다.

　사파인들의 후위로 관태랑이 들이닥쳤다. 그와 동시에 천마검도 땅으로 수직 하강했다.

　때마침 두 개의 부대가 모습을 드러내며 빠르게 달려왔다.

　일조와 십일조였다.

3

　슈가가가갓!

　천마검이 하강하면서 그의 칼에서 수십여 개의 강기가 폭사했다.

　충격에 빠진 사파인들 모두가 멍하게 지켜보다가 놀라며 고함을 질렀다.

　"피, 피해라!"

　"막아라!"

　"공격하라!"

　"헉! 미친!"

　그야말로 중구난방의 외침이 사방에서 흘러나왔다. 그리고 그 다양한 고함만큼이나 사파인들의 움직임도 갖가지였다.

호기롭게 천마검을 향해 달려드는 자, 두려워 피하는 자, 그리고 어정쩡하게 자리를 사수하는 자.

그것은 곧 천마검이 하강하는 곳 주변에 있는 사파인들의 전열 붕괴를 의미했다.

사파인들끼리 서로 충돌하고 엎어지거나 고꾸라졌다. 동시에 살기 위해 동료를 짓밟았다.

그들은 자신들의 우상인 무상을 꺾는 천마검의 무위를 목도했다. 또한 눈으로 보고도 믿기지 않는 천상제도 보았다.

그 천마검과 대적하는 건 곧 죽음이라는, 본능과 같은 직감에 휩싸였다.

"으아아악!"

천마검의 강기를 맞고 비명을 지르는 사파인들, 그리고 앞으로 혹은 좌우나 뒤로 이동하려다가 엉키며 넘어지는 사람들.

사람이 사람을 밟았다. 비명 위에 비명이 덧칠되고, 그 뒤에 절규가 잇따랐다.

쇄애애액!

천마검의 검이 움직이는 곳마다 피 분수가 솟구쳤다. 목과 팔이 뎅겅 잘리고, 가슴이 갈기갈기 찢겨졌다.

비록 최고수들이 빠져나갔다고는 하나 곳곳에 정예 고

수들이 있었다. 그 중간 간부들이 천마검을 잡기 위해 몰려들었다.

문제는 그런 간부들 여럿이 합격을 해도 천마검을 잡기는 역부족인데, 도망치는 수하들로 인해 앞으로 나아가는 것조차 버거웠다.

콰콰콰아아앙!

천마검이 진각을 밟았다.

천마검 주변 사파인들이 몸의 중심을 잃고 넘어졌다.

아수라장으로 변해가는 사파 진세의 중심.

쇄애애액, 파파파팟!

천마검이 검을 휘두르고, 검기와 강기를 사방으로 폭사시켰다.

"으아아악!"

도망치는 사파인들이 내지르는 비명.

우스꽝스럽게도 천마검의 공격에 죽어가는 자들의 비명보다 동료에 의해 쓰러지는 이들의 비명이 몇 배나 더 많았다.

"도망치지 마라! 막아라! 천마검을 막아!"

"전열이 무너진다! 자리를 지켜라!"

간부들이 목이 쉬어라 외쳐 댔다.

그 간절한 외침은 천마검과 어느 정도 거리를 둔 사파

인들에게만 먹혔다. 천마검 주변의 사파인들은 무시무시하게 쏟아지는 강기 세례를 피해 미친 듯 허우적거리며 도망쳤다.

슈파파파파팟!

"크아아악!"

"살려…… 컥!"

속절없이 쓰러지는 사파인들. 그들을 뚫고 광동사흉(廣東四凶)이 천마검에게 달려들었다.

광동성에서 악명을 떨치던 네 명의 사파인으로, 작년 겨울, 무상 손거문이 직접 제압하고 수하로 거둬들인 특급 고수들이었다.

광동사흉 중 맏형인 일흉이 창을 앞세우며 버럭 외쳤다.

"이놈! 무상의 원수를 갚으리라!"

쨍! 서걱.

천마검의 검과 일흉의 창이 한차례 부딪친 직후, 일흉의 목이 잘려 허공으로 튕겨 나갔다.

고작 일 합.

그걸 본 주변의 사파인들은 더욱 공황에 빠졌다.

천마검은 목 잃은 일흉의 몸을 발로 걷어차 이흉의 진로를 막는 동시에 왼쪽으로 파고드는 삼흉의 정수리로 검을 내리꽂았다.

삼흥이 기겁해 몸을 피하려다가 '아!' 탄식을 흘렸다.

무상과 싸우는 것을 보았다. 하지만 직접 눈앞에 마주한 천마검의 칼은 몇 배나 더 빠르다는 것을 실감하는 순간이었다.

콰직!

삼흥의 머리가 갈라지며 뇌수가 튀었다.

파라라라.

휘리릭, 푹!

오른쪽으로 기습하던 막내 사흥의 가슴에 칼이 박혔다. 그 칼은 갈비뼈를 부수고 심장을 찢고 빠져나왔다.

쇄애애액, 쇄애애액, 쇄액!

검기가 사방으로 뿌려졌다.

광동사흥 중 홀로 남은 이흥이 눈에 핏발을 세우며 달려들다가 검기와 충돌했다.

퍼퍼퍼퍼어엉!

"으아아아아!"

이흥은 멈추지 않았다. 살갗이 찢어지며 핏방울이 튀었다. 극심한 고통에 몸 여기저기가 욱신거렸다. 그러나 그는 이를 악물고 검을 내질렀다.

가진바 모든 내력을 다 동원한 일초.

죽어도 좋다.

형제들을 죽인 천마검의 몸속에 일격을 찔러 넣을 수만

있다면.

부우우웅.

검에서 피어난 여섯 개의 검영이 진검과 함께 천마검을

덮쳤다.

쨍!

이흥은 눈을 화등잔만 하게 떴다.

천마검의 검이 자신의 검을 막으러 나오자, 여섯 개의

검영이 씻긴 듯 사라져 버렸다. 믿기지 않지만, 검의 기세

만으로 검영이 소멸한 것이다. 그리고 전력을 다한 자신

의 진검은 너무나 쉽게 막혔다.

"이런……."

이흥의 마지막 말이었다.

서걱!

그의 얼굴이 횡으로 갈라졌다.

그렇게 광동사흉이 죽어가는 동안에도 주변에서 비명이

빗발쳤다. 천마검의 검기와 강기가 사위 허공을 할퀴고,

진각이 땅을 뒤집었다.

주변 사파인들은 여전히 근처의 동료들을 밀치고 밟으

며 천마검과 떨어지려고 혈안이었다.

"으아아아악!"

"비켜라! 비켜!"

그렇게 우왕좌왕하는 사파인들 속에서 천마검은 묵묵히, 쉼 없이 검을 휘둘렀다.

그러자 사파의 간부들이 도망치는 수하들의 목을 베기 시작했다.

"싸워라! 도망치는 놈은 목을 치리라!"

"천마검 한 놈뿐이다! 물러서지 마라!"

"공격하라! 놈은 무상님과 싸우느라 지쳤다. 힘을 합쳐 천마검을 죽이자아아!"

도망치다가 어쩔 수 없이 되돌아선 사파인들의 눈에 독기가 서렸다.

이래도 죽고 저래도 죽는다면, 싸우다 죽는 것이 낫다.

그들이 다시 천마검을 향해 달려들었다.

"죽이자아아아!"

"우와아아아아!"

숫자가 주는 과신, 그리고 동료들이 내지르는 함성이 그들의 공포를 일순간 무디게 만들었다.

천마검은 그들을 보고 싸늘하게 미소 지으며 중얼거렸다.

"진짜 공포 앞에서도 지금과 같다면 인정해 주지."

그의 신형이 번쩍였다.

극성의 이형환위!

몸이 사라지는 순간, 삼 장여 거리를 순간 이동해 나타났다. 천마검을 향해 되돌아 달려오던 사파인들의 눈이 커졌다.

슈각!

천마검의 칼이 허공을 찢어발겼다. 그러자 네 명의 사파인이 동시에 비명을 질렀다.

"으아아아악!"

쨍쨍쨍!

짓쳐 드는 도검을 쳐낸 천마검의 검이 기쾌무비하게 움직였다.

파파파파파아앗!

눈으로조차 쫓을 수 없는 쾌.

그 수많은 검의 잔상들이 사방을 가득 메웠다. 그런 다음 열댓 명의 사파인들이 눈을 멍하니 뜬 채 털썩 고꾸라졌다. 모두가 다 심장에 칼을 맞고 즉사한 것이다.

터엉, 파라라라.

천마검이 가볍게 땅을 치며 빙글 돌았다. 그의 신형이 회전하며 강기가 폭사했다. 고함을 지르며 달려들던 사파인들이 멈칫했다.

비명을 지르며 쓰러지는 이들.

죽을힘을 다해 피하거나 막아내는 몇몇 중간 간부들.
그리고 그렇게 피하거나 막아낸 이들 앞으로 천마검이 나
타났다.

어떻게 해볼 수도 없는, 지독히 빠른 검과 함께.

슈각, 슈각, 슈가가갓!

천마검의 주변에서 쉼 없이 피 분수가 솟구쳤다. 그리
고 다시 도망치는 이들이 속속 등장했다.

"으아아악, 안 돼! 저건 사신(死神)이야!"

도망치는 자를 참수하던 간부들도 천마검의 압도적 무
위에 질려 덜덜 떨었다.

섬마검 관태랑.

그의 정체를 알지 못하는 사파인들은 미친놈이라고 생
각했다.

고작 이백여 명인 정파인들.

그들과 함께 공격을 해도 모자랄 판에 홀로 동떨어져
치고 나오다니.

관태랑이 말을 타고 달려오는 방향의 사파인들은 그보
다는 오히려 천상제를 펼치는 천마검에 더 주목하고 있었
다.

그리고 천마검이 밑으로 떨어지는 순간, 관태랑이 지척에 다다랐다. 그제야 관태랑과 가장 가까운 곳에 있던 사파인들이 날붙이의 방향을 돌리며 외쳤다.

"실성한 놈이로구나!"

"저놈을 빨리 해치우고 뒤에 오는 정파놈들도 후딱 해치웁시다!"

긴장이라고는 전혀 찾아볼 수 없는 목소리.

자신들과 천마검과의 거리는 무수한 인의 장막에 가려져 있었다. 그렇기에 자신들이 천마검과 칼을 겨룰 기회는 없을 터. 정파의 소부대만 상대하면 될 것이라 여겼다.

사파인 몇몇이 호기롭게 앞으로 나섰다.

그걸 본 관태랑이 싱긋, 하얗게 웃었다.

"막아봐라, 막을 수 있다면."

창!

관태랑이 검을 빼 들었다. 순간, 사파인들은 숨을 들이켰다.

빠져나오는 검에 흐르는 짙은 기운.

누군가가 자신의 눈을 의심하며 중얼거렸다.

"검강(劍罡)?"

그 말인즉, 절대고수거나 내공이 심후한 절정 혹은 초절정고수란 뜻이다. 그리고 그건 재앙을 의미했다.

쇄애애액!

검이 허공을 베었다. 그 검로를 따라 초승달 모양의 새하얀 강기가 쏟아졌다.

슈슈슈슈슛!

"으아아악!"

"고, 고수다!"

앞장섰던 이들이 비명을 지르며 나자빠졌다. 그리고 용케 피한 이들이 뒷걸음질 쳤다.

관태랑은 그들을 따라 사파의 진세 안으로 뛰어들었다.

히이이힝!

그가 탄 흑마가 거친 투레질을 하며 앞발을 치켜들었다.

쇄애애액!

허공을 가득 메우는 관태랑의 검광.

그건 벼락이었다.

소름 끼치도록 빠른 그의 검이 좌우를 자유자재로 휩쓸었다.

파파파팟! 서걱, 서걱, 서걱!

"끄아아악!"

"빠르다! 막을 수가…… 컥!"

흑마의 전면으로 검기가 해일처럼 덮치고, 중간중간 강

기도 뻗어 나갔다.

우르르르르.

검기와 강기를 피한 사파인들이 좌우로 갈라졌다. 일부 용맹한 사파인들이 관태랑을 향해 덮쳤다. 하지만 그들 모두 관태랑의 쾌검에 비명을 지르며 고꾸라졌다.

따각따깍, 따깍따각.

관태랑은 말의 속도를 조절하며 다가오는 이들을 거침없이 베어 넘겼다.

뒤에서 관태랑과 같은 조인 칠조가 함성을 지르며 따라붙었다. 저 멀리에서 등장한 일조와 십일조가 고함을 내질렀다.

"일조가 왔다!"

"우와아아아아!"

"여기 십일조도 있다! 공격하라!"

천마검이나 섬마검과 싸우지 않는 사파인들은 계속 등장하는 정파인들을 보며 당혹스러워했다.

뒤를 기습하는 정파의 별동대는 대체 몇 개 조일까?

불안과 혼돈 속에서 사람은 상상력을 무한 확장시킨다.

관태랑은 계속 앞으로 말을 몰며 검을 휘둘렀다.

사파인들 중 일부가 관태랑의 말을 잡으려고 암기를 던졌다. 그러나 관태랑은 그러한 암기들을 귀신같이 쳐냈다.

때로는 말 머리를 틀며 방향을 바꿨다.

부우우웅.

"죽어라!"

기다란 철봉이 관태랑의 머리를 노렸다. 하지만 관태랑은 목을 젖혀 봉을 피하고는 반대쪽으로 몰래 접근하던 사파인의 정수리를 찍었다.

부우우웅.

관태랑을 놓친 봉이 재차 움직였다. 순간, 그의 봉이 관태랑의 왼손에 잡혔다.

탁!

봉의 주인은 기겁했다.

힘껏 휘두른 철봉을 맨손으로 잡다니!

당황한 그가 봉을 잡아당겼다. 그런데 꼼짝도 안 했다. 아니, 오히려 자신이 끌려갔다.

"제기랄!"

그가 욕설을 뱉으며 한 손으로 장력을 분출했다.

쇄애애액.

거친 파공성과 함께 날아간 장력은 관태랑의 검에 갈라지며 소멸했다.

콰직!

봉을 쥐고 있던 그의 어깨가 관태랑의 칼에 박살났다.

"우와아아아! 공격하라!"

마침내 칠조가 관태랑을 따라잡았다. 관태랑의 좌우와 뒤에서 움직이며 창칼을 휘둘렀다.

덕분에 관태랑은 말을 노리는 암기는 신경 쓰지 않을 수 있게 됐다.

히이이힝!

말이 거칠게 울었다. 관태랑의 검도 계속 주입되는 내공에 검명을 터트렸다.

쇄애애액, 파파파팟!

관태랑은 선두에서 아군과 함께 속도를 맞춰 달렸다.

파라라락.

관태랑이 걸치고 있는 피풍의가 거칠게 펄럭거렸다.

"으아아악!"

그의 앞을 막는 사파인들이 속절없이 쓰러져 나갔다.

일만 군세의 가장 후위인지라 이름을 알 만한 사파 고수는 거의 없었다.

말단, 그리고 중간 간부들이 어떻게든 전진을 막으려고 수하들을 독려했다. 그러나 그 독려에 취해 앞으로 나서는 사파인들은 족족 관태랑의 검에 목숨을 잃었다.

그야말로 무인지경과 같았다. 계속해서 사파인들이 막아섰지만, 관태랑을 저지하지 못했다.

사룡문의 외당주가 직속 수하들과 뒤늦게 등장해 버럭 성냈다.

"하룻강아지 범 무서운 줄 모른다더니! 주변에 고수가 없으니 너 같은 놈이 날뛰는구나!"

그는 호탕한 고함과 함께 방천극(方天戟)을 휘둘렀다.

바아아앙!

허공을 짓누르는 묵직한 파공성.

사룡문 외당의 부당주도 동시에 몸을 날리며 도를 뻗었다.

관태랑은 왼손으로 말고삐를 살짝 잡아당기며 짓쳐 드는 방천극과 도의 거리, 그리고 방향을 찰나에 파악했다.

쇄액!

관태랑의 검이 방천극을 향해 마중 나갔다.

쩡!

충돌하며 불똥이 튀었다. 그렇게 방천극의 방향을 틀며 튕겨 나간 관태랑의 검이 부당주의 도를 향했다.

칭, 스릉.

검이 도를 비껴 치며 미끄러졌다. 부당주가 미간을 찌푸리며 검을 뿌리치려다가 당황했다.

착(捉)의 수법.

검술의 깨달음이 아주 높은 경지에 오른 사람만 펼칠

수 있다는 고도의 상승 절학.

검이 떨어지지 않는다.

그렇게 도와 붙어서 순식간에 미끄러져 내려간 관태랑의 검이 손잡이 부근에 이르러서야 떨어졌다.

서걱.

부당주의 손목이 잘렸다.

아직도 도를 붙잡고 있는 손이 허공에 떠올랐고, 관태랑은 그 도를 옆으로 쳐냈다.

쨍, 쇄애애액!

외당주가 다시 방천극으로 관태랑을 노리다가 도를 쳐냈다. 관태랑은 그사이에 부당주의 심장을 찌르며 흑마의 옆구리를 발로 툭, 찼다. 동시에 말고삐를 세차게 잡아당겼다.

히이이힝!

말이 앞발을 치켜들었다.

외당주가 눈살을 찌푸렸다. 흑마에 의해 관태랑이 시야에서 사라져 버린 것이다. 그는 우선 방천극으로 말을 베려다가 '아!' 하고 탄식을 흘렸다.

방천극이 말 머리를 베는데, 그 옆에서 불쑥 튀어나온 검.

후발선제(後發先制)라…….

관태랑의 검이 나중에 출수됐지만, 먼저 휘두른 방천극보다 더 빨랐다.

푸욱!

그의 검이 외당주의 손등을 파고들어 찢었다.

쨍그랑!

방천극이 땅에 떨어졌다.

흑마의 앞발이 그의 가슴을 짓밟았고, 관태랑의 검이 외당주의 목을 날렸다.

그야말로 순식간에 사룡문 외당의 수장과 이인자가 목숨을 잃었다. 함께 등장한 외당의 무사들이 황망해하는데, 그 가운데로 관태랑이 뛰어들었다.

슈슈슈슈슛.

그의 검이 만들어내는 잔상이 주변을 휘감았다.

콰직, 콰직, 콰직, 콰직!

번개가 작렬하는 것마냥 사방에 그의 검이 떨어졌다. 그리고 그때마다 어김없이 비명이 울렸다.

"으아아악!"

"끄으윽!"

가히 일기당천이란 말이 어울리는 모습이었다.

그는 말을 빠르게 몰며 치고 나갔다가, 적절한 시점에 아군을 기다리며 공간을 확보했다.

구위를 비롯한 칠조의 정파인들이 용기백배하며 관태랑을 뒤따랐다. 처음에는 너무 깊이 파고드는 것이 아닌가 하는 염려가 있었다. 그러나 지금은 아니었다.

구위가 힘껏 외쳤다.

"공격하라! 돌파하라!"

칠조원들이 연신 칼을 휘두르며 함성을 내질렀다.

"우와아아아!"

고작 이백여 명.

그러나 그들은 거침없이 앞으로 질주했다.

그런 관태랑과 칠조를 본 사파인들의 머릿속에 경고등이 켜졌다.

뒤에서 기습하는 소규모 부대에도 무시무시한 고수가 있었다. 대체 그 소규모 부대들의 총인원은 얼마나 될 것이며, 또 저런 고수들은 얼마나 더 있을 것인가.

아! 그리고 사파의 한가운데에서 비명이 끊이지 않는 것을 보니, 아직도 천마검을 잡지 못한 것이 분명했다. 혹시 천마검이 자신들이 있는 쪽으로 천상제를 펼쳐 날아오는 건 아닐까?

전투에 집중해도 모자랄 판에 천마검을 두려워하는 마음과 등장하는 정파 별동대에 신경이 분산됐다.

그때, 지평선에서 또 하나의 부대가 등장했다.

십오조였다.

그것을 계기로 사파인들은 확신했다.

아직도 등장할 정파인들이 적지 않을 것임을.

대산 총표파자와 광혈창, 그리고 녹림부왕이 천마검에게 접근해 왔다. 그들은 길을 트라는 고함을 지르며 빠르게 다가갔다.

천마검은 그들을 흘낏 보고 피식 웃었다.

탁, 파라라라.

그의 몸이 허공으로 떠올랐다. 그러더니 다시 믿기 어려운 천상제가 펼쳐졌다.

그렇게 허공에서 다른 곳으로 이동하는 천마검을 보며 대산이 부르르 몸을 떨었다.

"이, 이놈이 감히 우리를 조롱해?"

대산은 진심으로 분노했다. 동시에 짜증도 솟구쳤다.

든직하던 일만 군세.

그 많은 수하들이 지금은 거추장스럽게만 느껴졌다.

광혈창이 초조한 낯빛으로 말했다.

"빨리 천마검을 막지 않으면 혼란이 더욱 커질 것입니다! 그리고 피해는 걷잡을 수 없이 늘어날 테고 말입니다!"

녹림부왕이 이를 갈며 대꾸했다.

"그걸 누가 모르나? 하지만 저 빌어먹을 경신술을 따라 잡을 수가 없잖아!"

광혈창이 심호흡을 하고는 살짝 도약해 주변을 빠르게 훑었다. 그러더니 땅에 착지해서 말했다.

"우린 허를 찔렸습니다. 이럴 때일수록 냉정해야 합니다."

대산이 천마검을 향해 움직이려다 멈추고 광혈창을 보았다.

"묘책이라도 있느냐?"

"묘책이라긴 뭐하지만, 극약 처방이 있긴 합니다."

"극약 처방?"

광혈창이 고개를 끄덕였다.

"이 보 전진을 위해 일 보 후퇴할 때입니다."

"……?"

"아마 문상이라면 제가 하고 있는 생각을 염두에 두고 있을 겁니다."

4

모용린은 추행진으로 정파의 진세 변경을 명했다. 이젠

방어가 아니라 공격에 집중할 때.

"공격입니다! 목표는 무상! 그를 죽이는 것을 최우선으로 합니다!"

정파의 추행진은 사파의 선두에서 오른쪽으로 조금 안쪽에 자리한 지휘부를 노렸다. 정확히는 야월화 옆에 있는, 실신한 무상 손거문.

이것은 어찌 보면 무모해 보일 수도 있는 지시였다.

왜냐하면 그 지휘부 주변에는 흑살대를 비롯해 적지 않은 사파의 정예들이 운집해 있기 때문이다. 야월화는 조금 전 차출해서 앞장세운 고수들 중 대부분을 다시 불러들였다.

무상을 보호하기 위해서.

추행진을 완성한 정파인들이 고함을 지르며 움직였다.

"와아아아아! 무상을 죽여라!"

"무상만큼은 반드시 제거해야 한다!"

사파의 최정예 고수들에 가로막혀 피해가 커질 수 있는 위험을 무릅쓰고 모용린은 연신 공격 명령을 내렸다.

모용린은 상대가 야월화이기 때문에 이 위협이 먹힐 것이라 확신했다.

모용린이 단에서 뛰어내려 추행진을 뒤따르며 중얼거렸다.

"이번 공격에서 최대한 피해를 많이 입혀야 해!"

그녀는 뛰면서 아쉬운 기분이 들었다. 전투 초반에 입은 피해가 너무 컸다. 그때, 손실을 최소로 줄였더라면 지금 적에게 더 많은 피해를 줄 수 있었을 텐데.

하지만 그녀는 그런 아쉬움을 곧바로 떨쳐 냈다.

어쩔 수 없는 일이었다.

예상보다 무상이 훨씬 강했으니까.

어쨌든 지금은 후회보다는 전투에 집중할 때였다.

사파의 지휘부 주변에 있는 고수들은 모두 야월화를 보았다.

"어서 지시를!"

"문상! 명을 내려주십시오!"

천마검이 진영 한가운데서 날뛰고 있었다.

별것 아닐 것이라 판단한 정파 기습조의 전력 또한 예사롭지 않았다. 무엇보다 정파 기습조의 총 전력이 얼마나 되는지 가늠조차 할 수 없었다.

원래 보이는 것보다 보이지 않는 것이 공포와 불안을 한층 가중시키는 법이다.

사파의 고수들이 계속 야월화를 윽박질렀다.

하지만 야월화는 자신의 바로 앞에 누워 있는 손거문을

보며 입을 열지 않았다. 주변 상황을 종종 훑기는 했지만, 그것이 다였다.

전열이 흐트러지고 아군의 비명이 끊임없는 상황.

모두가 초조한데 야월화는 이상할 정도로 냉정을 유지하고 있었다.

결국 보다 못한 흑수륵이 재촉했다.

"문상! 어서 하명을 하십시오!"

한시가 급했다.

천마검과 정파의 본군, 그리고 숫자를 가늠할 수 없는 별동대.

이들을 상대하기 위해 고수들을 분배하고 각 문파의 병력을 조율해야 할 야월화가 침묵만 지키고 있으니, 답답하다 못해 화가 날 지경이었다.

야월화는 손거문의 부상을 치료하는 의원을 흘낏 보다가 한숨을 뱉고 차분한 어조로 입을 열었다.

"지금 우리가 선택할 수 있는 건 두 가지예요."

"……?"

"전자(前者)는 이대로 두는 겁니다."

야월화를 바라보는 수뇌부 고수들의 얼굴에 황망함이 떠올랐다.

그래서 지금껏 지켜만 보고 있었단 말인가.

하지만 이러한 혼란을 방치하자니.

책사가 이보다 더 무책임할 수는 없었다.

그렇게 모두가 기가 막혀 순간적으로 말문이 막히자 야월화가 계속 말했다.

"천마검은 신이 아닙니다. 아무리 강해도 결국은 인간. 공력을 조절한다고 해도 결국 체력이 먼저 바닥날 수밖에 없어요. 또한 일만 군세란 그 자체로 힘인 동시에 붕괴되지 않는 거대한 벽입니다. 우리가 중심을 잡고 있는 한 수하들이 뿔뿔이 흩어지지는 않을 터, 결국 시간이 흐르면서 다시 승기가 우리에게 돌아올 겁니다."

"……."

"정파의 별동대도 마찬가지. 저 정도 인원으로는 우리에게 자잘한 생채기를 낼 수는 있어도 거기까지예요. 전황을 뒤집을 수는 없습니다."

천응문주가 미간을 찌푸리며 반박했다.

"정파의 별동대 전력이 얼마인지 모르는데, 너무 안이한 생각 아니오?"

야월화는 입술을 꾹 깨물었다가 대꾸했다.

"많지는 않아요. 분명히! 많아야 일천 정도? 만약 이천 이상의 전력이 있었다면, 정파 본군에 병력을 추가 할당했을 거예요. 왜냐하면 정파 본군이 맥없이 무너지면 기습이고 뭐고 의미가 없을 테니까."

초조한 기색의 고음교주가 성을 냈다.

"그리 말해봐야 수하들이 믿겠는가? 만에 하나 정파 별동대의 전력이 문상의 예상보다 훨씬 많다면, 우리는 지금 아주 큰 실수를 범하고 있는 것이야! 그리고 지금 문상은…… 그러니까, 저놈들이 지쳐 나자빠질 때까지 우리는 구경만 하고 있자는 말인가? 그걸 지금 말이라고 하는 게야?"

사룡문주가 가세했다.

"아무리 무상을 지키기 위해서라지만, 우리 모두를 불러들인 건 하책이었소. 녹림이 천마검을 쫓고 있으니 우리 사오주는 각자의 문파로 이동해 별동대를 처리하겠소."

그의 말이 끝나기 무섭게 야월화가 악을 썼다.

"안 돼요! 그러다가 천마검이 이쪽으로 오면? 그리고 정파의 본군도 이쪽으로 달려오고 있는 게 안 보여요?"

사룡문주가 반박했다.

"그건 이곳에 있는 흑살대와……."

야월화가 말을 끊었다.

"그러다가 자칫 뚫리면 무상은 끝이란 말이에요! 그럼 우리 모두의 운명도 마찬가지가 될 테고 말이죠!"

사룡문주의 얼굴이 시뻘겋게 달아올랐다.

"젠장, 지금 이 순간에도 수하들이 죽어가고 있소! 문상, 나도 당신만큼이나 무상을 존경하오. 그리고 무상을 반드시 지켜야 한다는 것도 알고 있소. 하지만 이렇게 피해가 계속 늘어나는 것을 방관하자는 것은 억지요!"

천응문주가 말을 받았다.

"우리는 일단 정파의 별동대를 제압하겠소. 물론, 이곳이 위험하면 곧바로 도우러 올 테니……."

야월화가 그의 말꼬리를 삼켰다.

"정 그렇다면, 두 번째 방법으로 대처하죠."

"……?"

"이 보 전진을 위한 일 보 후퇴."

"무슨 뜻이오?"

천응문주가 물었으나 야월화는 무상을 치료 중인 의원에게 시선을 던지며 물었다.

"급한 치료는 끝냈느냐?"

의원이 손등으로 이마의 땀을 훔치며 답했다.

"예. 이제 어느 정도의 이동은 괜찮을 겁니다."

야월화는 안도의 한숨을 뱉은 후, 자신을 바라보는 수장들을 향해 말했다.

"이 전장에서의 전투는…… 우리가 패배한 것으로 하

죠. 제 지시에 따라 전원 후퇴합니다."

"……!"

"삼십 리 뒤까지 후퇴합니다. 후퇴한 후, 그곳에서 전열을 다시 추스르고 공격합니다."

흑수륵이 기함하며 외쳤다.

"패배라니요? 말도 안 됩니다! 우리보다 정파의 피해가 훨씬 큽니다. 또한 문상의 말씀처럼 천마검도 결국 탈진해 제 풀에 나가떨어질 겁니다."

계속 침묵하고 있던 흑살궁주가 입을 열었다.

"문상의 말이 맞아. 그게 우리 피해를 최소화하는 것이네."

수뇌부의 시선이 야월화와 흑살궁주에게 쏠렸다.

야월화가 입을 열었다.

"후퇴하면서 피해가 있겠지요. 하지만 이곳에서 계속 싸우는 것보다는 훨씬 적을 겁니다. 또한 이 방법은 세 가지 장점이 있습니다."

"세 가지 장점?"

"첫째, 혹여 모를 불상사를 대비해 무상의 안전을 확보할 수 있습니다. 둘째, 천마검은 다음 전투에서 제외될 겁니다. 정파인들이 그의 정체를 알았는데, 이차 전투에서 함께 어울려 싸울 수는 없을 거예요."

"……."

아무도 말을 하지는 않았지만, 천마검이 다음 전투에 합류하지 못한다는 얘기는 내심 반가웠다.

물론 천마검을 죽이고 싶은 심정은 이루 말로 다 할 수 없었다. 하지만 저놈과 직접 마주쳐 손속을 겨룬다는 건…… 솔직히 내키지 않았다.

무상이 없는 지금, 어쩌면 자신이 죽을 수도 있었다.

"셋째, 정파의 별동대 전력을 파악할 수 있습니다. 지금 수하들은 또 등장할지 모르는 별동대에 대한 막연한 불안감을 느끼고 있습니다. 그 불안감은 상상 이상으로 우리의 어깨를 짓누르며 사기를 저하시킬 터! 그 불안감을 지울 수 있어요."

수뇌부가 모두 고개를 끄덕였다. 야월화는 입술을 꾹 깨물고 사위를 훑은 후에 말을 이었다.

"안타깝지만…… 불패의 신화는 여기까지인 듯싶습니다."

"……."

"대신, 후퇴 후에 전열을 정비하고 재공격하면 확실하게 응징할 수 있습니다. 더 이상 어떤 돌발 변수도 나타나지 않을 테니까."

천응문주가 한숨을 내뱉고 말했다.

"안타까운 건…… 천마검을 이대로 놔줘야 한다는 것이지."

그에 야월화가 고개를 끄덕이며 표독스러운 표정을 지었다.

"예. 바로 그 점 때문에 저도 지금까지 결정을 내리지 못하고 망설였습니다. 하지만 우리 무상께서 나중에 복수를 해주실 것이라 믿습니다."

∗   ∗   ∗

가장 나중에 등장한 십오조도 합류했다.

섬마검 관태랑을 필두로 움직이는 별동대는 이제 모두 하나의 창이 되어 거대한 사파의 진영을 뚫으며 나아갔다.

"하아아, 하아아!"

전투에 합류한 지, 이각.

고작 이각이다.

하지만 관태랑의 옆에서 움직인 구위는 자신의 호흡이 거칠어지는 것을 느꼈다.

워낙 많은 이들을 상대해서 그랬다. 그 짧은 시간 동안 자신의 검이 얼마나 많은 사파인들의 병장기를 쳐내고 그들의 뼈를 부쉈을까.

처음부터 전력을 다해 내공이 급속도로 소진되고 있었다. 무엇보다 손목이 아릿해 왔다.

구위는 잠깐 숨을 돌리기 위해 친구인 허 보표와 자리를 바꿨다. 그러자 선두에서 말을 타고 검을 휘두르는 관태랑의 모습이 눈에 들어왔다.

쨍쨍쨍, 째애앵, 쨍쨍쨍!

쉴 새 없이 검을 휘두른다.

검풍과 검기, 그리고 강기까지 쏟아진다.

그의 앞에서는 피 보라가 계속 일었다.

관태랑과 그가 타고 있는 말까지 피를 뒤집어써서 온통 붉었다.

구위는 자신도 모르게 침을 꿀꺽 삼켰다.

압도적인 힘이란 것은 이런 것을 두고 말하는 것이리라.

만약 이 사람이 없었다면 상황은 어떻게 흘러갔을까?

그런 상상만으로도 절로 한숨이 나왔다.

정말 다행이었다. 하지만 그는 결코 미소 지을 수 없었다.

그렇게 열심히 싸우며 계속 전진했는데, 가슴은 더 답답해졌다.

마치 적이 우글거리는 거대한 숲의 언저리에 발을 들여

놓은 기분이랄까.

이 숲을 통과한다는 것이 과연 가능하기는 할까?

끝도 보이지 않는 이 무수한 적들을 상대로 자신들은 어디까지 나아갈 수 있을까?

아무리 죽이고 죽여도 끝이 없었다.

'결국…… 우리는 지쳐서 다 죽겠지.'

구위는 자조적인 미소를 머금었다가 스스로 기합을 넣었다. 그렇게 다시 전투에 참여하려는 순간, 관태랑이 외쳤다.

"잠깐 전진을 멈추고 자리를 사수하시오!"

구위의 입가에 걸린 미소가 짙어졌다.

섬마검 관태랑, 그도 사람이었구나.

하긴 가장 선두에서 많은 적을 베었고, 또한 속속 등장하는 고수들도 모조리 그 홀로 감당했다.

지치지 않으면 사람이 아니지.

관태랑이 말 위에서 앞과 좌우를 훑다가 고개를 뒤로 돌렸다.

그와 구위의 눈이 마주쳤다.

관태랑이 입을 열었다.

"구 표두."

"……?"

"적이 후퇴를 시작했소."

"……!"

구위가 놀랐다. 그러고 보니 방금 전부터 자신들을 향해 악착같이 달려들던 사파인들이 훨씬 줄어 있었다. 분명 그들 중 상당수는 자신들을 우회해서 움직이고 있었다.

그리고 후퇴를 알리는 듯한 징 소리가 사방에서 이는 고함과 비명 사이로 들렸다.

관태랑이 손을 내밀었다.

말을 타고 싸우는 것에 익숙하지 않아, 말을 두고 전투에 참가한 구위는 관태랑의 손을 잡고 말 등에 올라탔다. 그렇게 말을 타고 주변을 둘러보자 전장의 흐름을 한눈에 살필 수 있었다.

어마어마한 인원의 사파인들이 천천히 이동하고 있었다. 그리고 그건 관태랑의 말마따나 후퇴가 분명했다.

구위는 순간 눈물이 왈칵 쏟아질 뻔했다.

전투에 참가하면서 죽게 되리라 생각했다.

그런데 승리라니!

관태랑이 소리 없이 웃으며 말했다.

"마지막까지 힘내시오."

"아아……."

"저들은 전열을 수습한 후 다시 공격해 올 것이오. 그때를 위해서라도 적의 숫자를 조금이라도 더 줄여야 하지 않겠소?"

"예! 그래야지요!"

없던 힘까지 솟구치는 느낌이었다.

다시는 밖으로 나올 수 없는 죽음의 숲에 들어왔다고 생각했는데, 빠져나올 수 있었다.

그것도 승리라는 이름으로!

구위가 말에서 힘차게 뛰어내리며 외쳤다.

"애들아! 적들이 후퇴한다아아아!"

그의 고함에 정파의 별동대원들이 몸을 움찔 떨었다. 그러더니 이내 병장기를 치켜들고 함성을 내질렀다.

"우와아아아아!"

주변에 있던 사파인들이 더욱 거리를 벌리며 우회했다.

구위가 밝은 얼굴로 관태랑을 올려다보며 외쳤다.

"다시 전진합시다."

그러자 관태랑이 그들의 지친 기색을 읽고는 고개를 저으며 대꾸했다.

"당신들은 짧은 시간에 힘을 무리하게 폭발시켰소. 그러니 일단 이곳에서 자리를 지키며 한숨 돌리시오. 그럼 곧 정파의 본군이 이리 당도할 테니까, 그들과 합류해서 적을 쫓는 것이 나을 듯싶소."

"괜찮습니다. 적들은 후퇴하는 것이잖습니까? 그렇다면 약간 무리해서 공격해도……."

구위는 관태랑의 표정과 말투에서 이상함을 느끼며 말꼬리를 흐렸다. 관태랑이 고개를 끄덕이며 웃는 낯빛으로 말했다.

"천마검 대종사와 나는 여기까지요."

"……."

"비록 나는 마도에 몸을 담고 있지만, 고작 팔백으로 일만 군세를 향해 돌진한 당신들의 용기에 경의를 표하오."

구위의 입술이 떨렸다.

붙잡고 싶었다.

나중에 어떻게 되든 간에, 이 사람이 있어서 여기까지 왔다. 그리고 불가능한 전투에서 승리를 거머쥐게 되었다. 이 사람이 없었다면 결코 여기까지 올 수 없었을 것이다. 왔더라도 태반이 죽었을 것이리라.

은인이다. 하지만 잡을 수가 없었다.

정파인들은 천마검과 이 사람을 받아들일 수 없을 테니까.

"섬마검……."

"당신들과 한편이 되어 싸운 이 전투, 평생 추억으로

간직하겠소."

구위의 눈시울이 뜨거워졌다.

"나야말로…… 그렇습니다."

"그럼 나는 이만."

관태랑이 말 머리를 돌렸다.

히이이힝.

지친 말이 투레질을 해 댔다.

관태랑이 왔던 방향으로 다시 돌아가려는 순간, 구위가
입을 열었다.

"죄송합니다."

관태랑이 말을 멈추고 표정에 의아함을 드러냈다. 구위
가 말했다.

"마교도는 모두 악마라고 했던 제 지난날의 언행을 사
과드립니다."

관태랑이 미소 짓고는 고개를 저었다.

"하하하! 그건 나도 마찬가지요. 나 역시 몇 년 전까지
는 정파인들은 모두 위선자라고 말했소."

"……."

"훗날 우리 전장에서 다시 만나더라도 악감정을 갖지는
맙시다. 그저 무사답게 싸웁시다. 각자 추구하는 명분을
위해서."

구위가 고개를 끄덕이며 말을 따라 했다.

"예, 무사답게."

팔백여 별동대원들이 그들의 주변을 돌아 후퇴하는 사파인들을 경계하며 관태랑을 흘낏흘낏 보았다. 모두가 눈빛과 표정으로 말하고 있었다.

고맙다고.

관태랑도 그런 정파인들의 모습에 미소를 지으며 고개를 끄덕이고는 말 옆구리를 발로 가볍게 찼다.

"이랴!"

히이이힝!

흑마가 달렸다. 그러자 그가 향하는 방향에 있던 사파인들이 움찔 놀라며 몸을 피했다.

어차피 후퇴령이 떨어진 상황.

저 무지막지한 고수와 굳이 싸우는 건 어리석은 짓이었다. 물론 그 와중에도 전공을 탐하는 이들은 나오기 마련이다.

"이놈! 네놈의 목을……."

덥수룩한 수염의 중년인이 관태랑을 막아섰다.

쇄애애액.

관태랑의 검이 중년인의 기형도를 마주쳐 나갔다.

서걱.

중년인이 비명도 못 지르고 고꾸라졌다.

콰직.

말발굽이 즉사한 그의 등을 짓밟고 계속 달렸다.

관태랑은 그렇게 종종 자신의 앞을 막는 이들을 베어가며 이동했다.

천마검은 이미 무리에서 이탈해 있었다. 아니, 사파인들이 후퇴하면서 자연스럽게 홀로 남아 있었다.

"어이!"

관태랑이 웃으며 방향을 틀었다.

두두두두두.

흑마가 바람처럼 달렸다.

천마검도 달리다가 흑마가 다가오자 손을 뻗었다.

그의 손이 관태랑의 손을 맞잡았다.

휘이익.

천마검이 관태랑의 뒤에 올라타며 물었다.

"부상은?"

관태랑이 소리 없이 웃고 반문했다.

"대종사께서는 어디 다치셨습니까?"

"하하하하!"

천마검이 시원하게 웃자 관태랑도 소리 내어 웃었다. 그렇게 백여 장을 단숨에 돌파하자 관태랑이 말을 멈춰 세웠고, 둘은 말에서 내렸다.

사파인들은 야월화의 지시 아래 후퇴하고 있었다. 빠르게 이동하면서도 전열이 흐트러지지 않았다. 그리고 모용린은 사파인들이 후퇴를 시작하자 즉시 부대를 둘로 나눠 후퇴하는 사파의 좌우 꼬리를 몰아치고 있었다.

양쪽 다 속도의 완급 조절을 하며 더 피해를 내기 위해서, 혹은 피해를 줄이기 위해 노력하고 있었다.

그리고 모용린은 왼쪽의 부대를 넓게 운용하면서 천마검과 섬마검이 빠져나가는 것을 사파인들이 볼 수 없게 가렸다.

천마검이 양쪽의 용병술을 지켜보다가 말했다.

"빙봉이나 야월화나…… 둘 다 제법이군."

섬마검은 잠깐 침묵하다가 말했다.

"지금의 부대 운용은 훌륭하지만, 전체적으로 판단한다면, 솔직히 둘 다 기대 이하였습니다."

그의 의견에 천마검이 피식 실소를 흘리고 대꾸했다.

"애초에 병력 차이가 너무 났어. 양쪽 다 책사로서 뭔가 시도하기엔 애매했지. 특히 빙봉 입장에서는 더더욱 그래. 병력도 턱없이 적었지만, 부대 운용에 핵심이 될 최정예들이 무림서생을 구하기 위해 빠졌잖아. 이 정도면 최선을 다한 거야."

"빙봉은……."

관태랑이 말을 시작하자마자 멈추고 입을 다물었다. 그러자 천마검이 무슨 말을 하려는지 안다는 표정으로 말을 받았다.

"빙봉은…… 가진 인원으로 전력을 다해 싸우다가 명예롭게 패배할 생각이었던 거야. 어줍지 않은 계책으로 부대를 나눠봤자 승산은 희박해. 자칫 도망가는 이들만 늘어 전투도 패하고 정파의 명예도 잃게 되리라고 생각한 것이지."

"……."

"그렇게 모두가 한마음으로 싸우다 패하면, 뒤에 남은 이들이 복수를 위해서 더욱 힘을 낼 테니까. 그리고 그건 정파 전체가 천류영을 도와야 한다는 반향을 일으킬 공산도 매우 크고."

"……."

"난 솔직히 빙봉이 대단하다고 생각했어. 도망칠 수도 있고, 무림서생 구출을 늦출 수도 있었어. 하지만 그렇게 하지 않았지. 지켜야 할 가치를 지키기 위해 목숨을 건다는 것! 이건 통찰력이나 두뇌의 문제가 아니야. 그릇의 크기지."

관태랑의 닫힌 입술이 열렸다.

"예, 그건 인정합니다. 하지만 그럼에도 불구하고 삼천 여 수하들을 죽음으로 내모는 결정은 옳다고 여겨지지 않습니다. 그것이 아무리 명예란 이름으로 포장이 된다고 해도 말이지요."

천마검은 어깨를 으쓱하고 대꾸했다.

"자네 말도 옳아. 하지만 빙봉 입장에서 생각해 보라고. 장기판에서 차와 포를 뗀 거야. 그러니까, 나도 없고, 천랑대와 흑랑대도 없는 상황에서 압도적인 전력의 적이 쳐들어오고 있다면?"

"……."

"물론 어떻게든 이길 궁리를 해보겠지. 하지만 그녀의 머리로 아무리 생각하고 생각해도 답이 나오지 않는 상황에서, 도망치지 않았다는 것을 말하고 싶은 거야. 무책임할지는 모르지만, 사령관으로서 명예로운 선택이었어. 다시 말하지만, 사실상 승산이 없는 전투를 앞두고 도망치지 않는다는 건 아무나 할 수 있는 것이 아니야."

"그건 그렇습니다만……."

관태랑이 말꼬리를 흐리며 잠시 침묵하다가 말을 이었다.

"그래도 무림서생이었다면 달랐을 것 같습니다."

천마검이 미소로 고개를 끄덕였다.

"그 녀석은 별종이니까."

관태랑이 묘한 눈빛으로 말했다. 그건 약간의 질투 같기도 하고, 호승심으로도 보였다.

"인정하시는군요."

"그래."

잠깐의 침묵이 흐르고 관태랑이 말했다.

"그나저나, 야월화는 다시 공격해 올 겁니다."

"그렇겠지."

"그리고 그 공격은…… 막을 수 없을 겁니다."

천마검은 말없이 고개만 끄덕였다. 관태랑은 그런 천마검의 얼굴에 드리우는 아쉬움을 읽었다. 관태랑이 웃으며 고개를 저었다.

"우리는 여기까지입니다."

"알아."

"우리는 정파인이 아닙니다."

천마검이 손사래를 치며 투덜거렸다.

"안다니까."

"그래도…… 구경이나 하죠. 승패와 상관없이, 빙봉이 이제 어떻게 싸울지 궁금하니까. 뭐, 어차피 폭혈도와 귀혼창이 올 때까지는 하오문에서 머물러야 하니 말입니다."

천마검의 눈이 번득였다.

"새로운 인피면구를 써볼까?"

또 정파와 함께 싸워보고 싶다는 얘기.

관태랑이 매섭게 고개를 저었다.

"우리는 충분히 할 만큼 했습니다. 여기에서 더 이상 관여하는 건 정파인들을 모독하는 겁니다. 그들은 비록 패하겠지만 한 번 승리를 했고, 그것으로 인해 더 값진 명예를 얻게 될 겁니다. 그리고 그것으로 그들은 충분히 만족해할 겁니다."

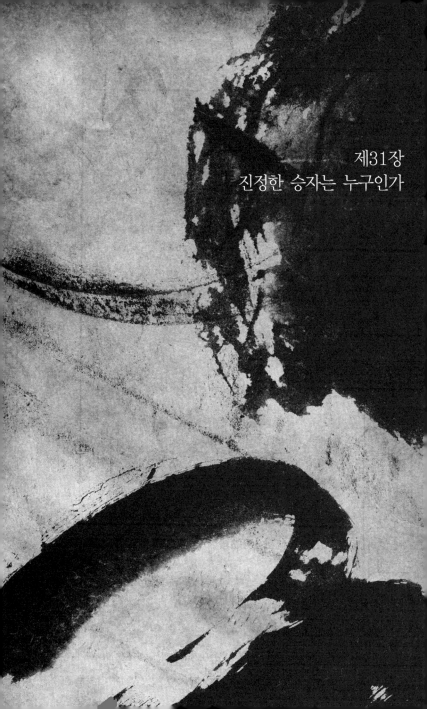

제31장
진정한 승자는 누구인가

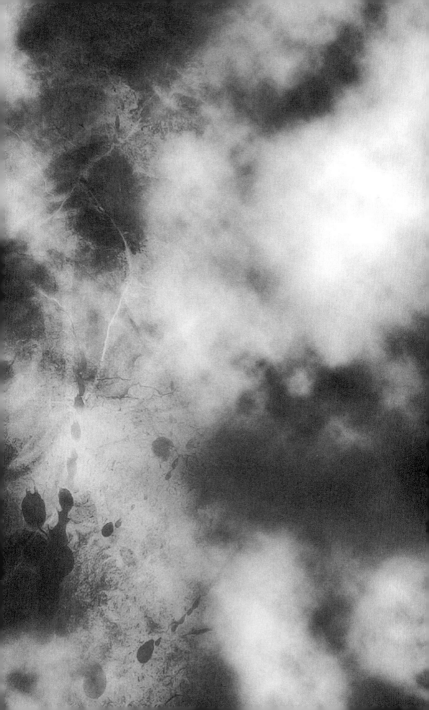

1

"이겼다아아아!"

"우와아아아아!"

마침내 추격을 멈춘 정파인들의 함성이 하늘에 닿았다.

부상을 당한 이들도 옆의 동료와 얼싸안고 기쁨의 눈물
을 흘렸다.

모용린은 이제 지평선 너머로 사라지고 있는 사파인들
을 물끄러미 보다가 쓴웃음을 머금고 주변을 훑었다.

자신을 향해 수뇌부들이 몰려들고 있었다.

그들의 표정은 기쁨을 만끽하고 있는 수하들과는 달리

복잡해 보였다.

사파인들이 재차 침공할 것임을 잘 알고 있기 때문이었다. 또한 이번 전투에서 너무 많은 손실을 입었다. 특히나 고수들의 피해가 컸다.

피투성이인 위충과 영능후가 가장 먼저 다가와 모용린에게 목례를 하며 말했다.

"승리를 감축드립니다."

"고생하셨습니다."

창천룡 남궁수를 비롯해 정파의 명숙들이 계속 다가와 덕담을 건넸다.

모두가 억지로 미소를 짓고 있었다. 마음 같아서는 울고 싶은 것이 솔직한 그들의 속내였다.

소중한 사람들이 너무 많이 다치고 죽었으니까.

수뇌부 모두가 그렇게 우울한 미소를 짓고 있자, 팽가주가 나섰다.

"어쨌든 우리는 승리했네. 사파인들이 전열을 재정비하고 다시 오겠지만, 그때까지 짧게나마 승리를 즐기세. 그것이 수하들의 사기 진작을 위해서도 좋을 테니 말이야."

모두가 동의한다는 듯이 고개를 끄덕였다. 하지만 분위기가 바뀌진 않았다. 그에 팽가주가 씁쓸한 얼굴로 한숨을 쉬다가 모용린에게 물었다.

"천마검은?"

모용린도 따라 한숨을 내쉬고는 답했다.

"빠져나갔습니다."

"그런가? 흐음, 그렇군."

팽가주는 양손으로 마른세수를 하고는 말을 이었다.

"직접 고맙다는 말을 하고 싶었는데."

그 말에 주변에 있는 정파인들 모두 눈을 화등잔만 하게 떴다.

그 말이 얼마나 위험한 발언인지 알기 때문이었다.

물론 전투 중에도 그런 얘기를 했다. 하지만 지금은 전투가 끝난 상황. 아무래도 말조심을 할 필요가 있었다.

아들인 팽우시가 살짝 고개를 저으며 눈치를 주었다. 하지만 다행히도 개방주가 동의하고 나섰다.

왼팔을 잃는 중상에 코까지 뭉개진 황걸은 고개를 끄덕이며 말했다.

"그가 이곳에 있다면…… 엎드려 절이라도 하고 싶소."

사람들은 입술만 꾹 깨물고 침묵했다. 황걸의 말이 이어졌다.

"마협이라…… 천마검이 한 말 때문에 생각이 많아졌

소. 나는 지금껏 사람을 배경만으로 판단했다는 자책도 들고.”

그가 자신을 바라보는 이들을 천천히 훑었다.

어떤 이는 불만스러운 표정이지만, 적지 않은 사람들이 고개를 끄덕이며 공감하는 낯빛이었다.

남궁수가 끼어들었다.

“그는 비록 적일지언정…… 훌륭한 무인입니다.”

그 말에 오성검 장로가 고개를 끄덕이며 말을 받았다.

“훌륭한 무인이라……. 그렇군.”

불만스러운 표정의 몇몇이 반박하려는 듯 입술을 여짓 대다가 다물었다.

그들도 잘 알고 있는 것이다.

천마검이 없었다면 지금 자신들은 이렇게 두 발로 대지 위에 서 있지 못했을 것임을.

철혈무성이 허공을 멍하니 바라보며 입을 열었다.

“저 역시 개인적으로 천마검에겐 호감을 가지고 있습니다. 하지만…… 그는 적이에요. 뇌황 마교주가 무림을 휩쓸고 있는 마당에 지나치게 그를 두둔하는 건 모양새가 좋지 않습니다. 뭐, 고마운 건 사실이지만 말입니다. 허허허.”

팽가주가 씁쓸한 표정으로 고개를 주억거렸다.

"예, 적이지요. 압니다. 하지만…… 그럼에도 그는 괜찮은 인물이에요."

"……"

"지금 세상을 휩쓰는 전쟁의 불길도 언젠가는 꺼질 겁니다. 그리고 그때 우리 정파가 승리한다면…… 그리된다면 우리는 변해야 한다고 믿습니다. 패자를 핍박하는 옹졸함보다 포용하는 아량이 필요합니다."

"……"

"그리될 수 있다면…… 비록 마교도라도 천마검같이 괜찮은 인물들과는 교류할 수 있을 겁니다. 그리고 그런 소통의 노력이야말로 더 나은 세상을 만드는 데 일조할 거라 믿고요. 무조건 적대하는 것만이 능사는 아니에요. 악은 처단하되, 그 속에서 억울한 이가 없게 하려는 노력도 병행할 필요가 있어요. 솔직히 우리 정파는…… 지난날 너무 오만했습니다."

지켜만 보던 모용린은 그것이 바로 천류영의 꿈 중 하나라고 말하려다가 관뒀다.

천류영을 질시하는 이들이 많은 것이 현실이다. 지금 이들 중에도 그런 자가 없다고는 장담할 수 없는 상황이 아닌가.

그녀는 수뇌부의 대화가 각 문파의 피해와 다음 전투에

대한 우려로 넘어가는 것을 들으며 고개를 돌렸다.

아까 천마검과 섬마검이 사라진 방향.

모용린은 그곳을 한참 동안이나 바라보았다.

머리가 복잡했다.

과연 정파는 이 거대한 전쟁에서 최후의 승자로 남을 수 있을까?

사파의 무상도 그렇지만, 천마검이 보여준 무위도 소름이 끼칠 정도였다. 이런 와중에 정파의 최고수라는 십천백지의 남은 천존들은 적보다 더 큰 악(惡)에 가까웠다.

그야말로 내우외환(內憂外患).

안팎의 적들, 그것도 하나같이 무시무시한 강자들을 어떻게 상대해 나가야 할까?

만약…… 만약 최후의 승자가 정파가 아니라면?

모용린은 스스로에게 질문을 던지다가 자신도 모르게 진저리를 쳤다.

무의식중에 천마검이 떠오른 탓이었다.

정파가 패퇴한다면, 차라리 천마검에게 의탁하는 것도 과히 나쁘지 않겠다는 생각이 불현듯 든 것이다.

아마 그건 그의 강함보다 전투 중 그가 외친 말 때문이었을 것이다. 황걸 개방주의 말마따나 천마검이 언급한 마협의 의미는 정파인들에게 아주 신선한 충격이었으니까.

모용린처럼 많은 정파인들이 마교, 특히 천마검에 대한 생각을 곱씹었다. 지금 우울한 미소를 짓고 있는 수뇌부나 기쁨을 만끽하고 있는 말단 무사 모두.

모용린은 입술을 살짝 깨물며 고개를 세차게 저었다.

'남에게 의지할 생각을 하고 있다니. 마음이 이리 약해져서야 앞으로 험난한 길을 어떻게 헤쳐 나갈까.'

그녀는 자책하며 고개를 들었다.

뜨거운 햇볕이 그녀의 눈 속에 잠겼다. 그러더니 그녀의 입가에 미소가 그려졌다.

'그래, 벌써부터 약한 마음을 품는 건 어리석지. 그리고…… 우리에겐 그 사람이 있어.'

천류영을 떠올린 그녀는 미소를 흘리다가 다시 불안한 표정을 지었다.

천류영은 아직 살아 있는 걸까? 구출대는 그를 구했을까?

*   *   *

야산의 정상.

쾌활림주는 정파인들이 추격을 멈추고 환호하는 모습을 보며 깔깔 웃고 혼잣말처럼 말했다.

"재미있네. 천마검과 섬마검의 도움으로 승리한 주제에 저렇게 기뻐하는 모습이라니."

흑마를 타고 종횡무진 활약한 이가 섬마검 관태랑이란 것을 이곳에 있는 인물들은 모두 눈치챘다.

정파인들이나 사파인들은 모르겠지만, 자신들은 알 수밖에 없었다.

예전, 천마검이 이끄는 천랑대와 일전을 겨뤘을 때 보여준 섬마검의 모습을 아직도 선연하게 기억하고 있으니까.

팔짱을 끼고 뭔가를 골똘하게 생각하던 사자탑주가 입을 열었다.

"천마검은…… 정말 강하군. 예전보다 훨씬 강해졌어. 배교에 잡혀 있을 때 뭔가 기연을 얻은 것이 분명하군. 그래, 그 기연으로 마신지경을 성취한 거겠지."

그의 말에 쾌활림주를 제외한 이들이 고개를 끄덕였다. 쾌활림주는 낮게 '흥!' 콧소리를 내고는 반박했다.

"예전에도 강했어요. 다들 아시잖아요. 그리고 그가 예전에 보여줬던 강함도 진신 실력을 다 드러낸 것이 아니란 걸!"

모두가 침묵하자 쾌활림주가 다시 말했다.

"뭔가 기연이 있었을지도 모르지만, 설사 그것이 없었다 해도…… 나는 천마검이 무상을 이겼으리라 확신해요."

사자탑주가 소리 없이 웃고 대꾸했다.

"쾌활림주의 천마검 사랑은 끝이 없군."

정곡을 질린 쾌활림주가 당황하다가 볼멘소리를 냈다.

"그야 그럴 수밖에 없잖아요."

"……?"

수장들의 이목이 쾌활림주에게 쏠렸다. 그러자 쾌활림주가 나이에 걸맞지 않게 소녀처럼 살짝 얼굴을 붉히고 말했다.

"강하고 약한 것을 떠나서, 나는…… 세상에 천마검처럼 멋있는 사내가 있다는 것만으로도 아주 즐겁거든요."

듣고 있던 중년인이 실소를 흘리고 대꾸했다.

"강하니까 멋있는 거요."

쾌활림주가 반박했다.

"그 말도 일리는 있지만, 전부는 아니에요. 그는 뭐랄까…… 보고 있으면 사람을 빠져들게 만드는 마력 같은 것이 있어요. 그래서 여기 계신, 자존심이 하늘처럼 높은 여러분도 천마검에게 패했음에도 불구하고 그가 내민 손을 잡은 것 아닌가요?"

"……."

"이제 와 말하건대, 나는 천마검이 무상에게 패했으면…… 흑천련을 탈퇴하고 돌아가려고 했어요."

"……!"

"뭐, 무상이 마음에 들지 않는다는 건 아니에요. 하지만 그의 옆에 찰싹 붙어 있는 암고양이 같은 야월화는 정말 질색이거든요. 우리를 배려해 주는 척하면서 뒤로 못된 꿍꿍이 꾸미는 소리가 다 들려서 정말 재수 없었어요."

사자탑주가 고개를 절레절레 저으며 한바탕 크게 웃고 말했다.

"하하하하! 어떤 의미로는 천마검이 승리해서 다행이군. 만약 그가 무상에게 패했다면 아름다운 쾌활림주를 다시 볼 수 없었을 테니까. 그리고 나도 이제야 말하는데, 야월화가 계속 걸렸소. 무상은…… 천마검처럼 믿을 수 있지만, 그녀는 찜찜했거든. 워낙 음모나 권모술수에 강한 여인이다 보니."

그는 앞으로 발을 내디디며 말을 이었다.

"자자, 어쨌든 승부는 끝났으니, 이제 돌아갑시다."

모두가 고개를 끄덕이며 사자탑주와 함께 움직이려는데, 쾌활림주가 앙칼진 목소리로 그들의 발목을 붙잡았다.

"갈 때 가더라도 계산은 하고 가야죠! 황금 백 냥."

그녀의 말에 무상의 승리에 걸었던 두 사내가 멋쩍은 웃음을 보였다.

　　　　　*　　　　　*　　　　　*

짝짝짝!

수란 하오문주가 손뼉을 치면서 내실로 들어오는 백운회와 관태랑을 반겼다.

몸을 씻고 옷을 갈아입은 그들은 탁자 위에 가득한 산해진미를 보며 미소를 머금었다. 그러지 않아도 꽤나 출출하던 참이었다.

"호호호, 두 사람의 활약이 정말 믿기지 않을 정도로 대단했다면서요?"

"……."

"이번 전투의 진정한 승자는 두 사람이라고 생각해요. 관망하던 흑천련을 세력으로 흡수할 수 있었을 뿐만 아니라 천마검의 명성을 천하에 다시 한 번 널리 알렸으니 말이에요. 어디 그뿐인가요? 훗날 천마검이 패왕의 별에 등극한다면, 분명 오늘 도움을 받은 정파인들은 극렬하게 저항하기보다 나름 협조를 할 것이 분명하죠."

"……."

"자자, 어서 앉아서 요기를 하세요. 술은 제가 직접 따라 드릴 테니, 술값은 무용담을 조금 들려주시는 것으로 하죠."

백운회는 자리에 앉으며 담담하게 대꾸했다.

"벌써 다 들은 것 같은데? 하오문이라 그런가? 확실히 빠르군."

"그래도 당사자에게 직접 듣는 건 또 다르죠."

그녀는 술병을 들어 올리려다가 살짝 아미를 찌푸렸다. 백운회가 먼저 술병을 낚아챈 것이다. 그는 맞은편에 앉은 관태랑에게 술을 따랐다. 그런 후에 관태랑이 술병을 받아 백운회의 잔에 술을 채웠다.

졸지에 할 일이 없어진 그녀는 속으로 투덜대며 둘 사이에 앉았다. 그러더니 백운회를 보며 물었다.

"물 위를 뛰었다는 얘기는 들었지만, 공중에서까지 뛸 줄은 몰랐네요. 제가 지금 보고 있는 천마검이 사람은 맞는 거죠?"

백운회와 관태랑은 가볍게 술잔을 부딪치고는 술을 비

왔다. 그러고는 식사를 시작했다.

수란이 물었다.

"무상과의 승부는 어땠어요? 솔직히 긴장 많이 했죠?"

"……."

"당신이 이길 거라고는 생각했지만, 쉽지 않을 거라 여겼는데……. 호호호, 어쨌든 내가 당신과 인연을 맺은 건 탁월한 선택이었어요."

둘은 식사를 하며 다시 술을 서로 따라 주었다.

수란 혼자 계속 떠들었다.

"저번 무림맹 총타를 유린한 것과 더불어 이번 승부까지! 이로 인해 당신은 패왕의 별에 다다를 가장 강력한 후보로 등극한 거죠."

백운회와 관태랑이 여전히 식사에 열중하자 수란이 눈살을 찌푸렸다.

"사람이 말을 하면……."

비로소 백운회가 입을 열어 그녀의 말을 끊었다.

"내가 말하지 않았나?"

"……?"

"패왕의 별은 내 것이라고."

"……."

"애초에 당연한 것을 떠들고 있으니 딱히 대꾸할 것도

없지."

수란이 '하아! 잘났네요. 정말' 하는 소리를 내뱉고는 눈꼬리를 올렸다.

"그럼 무상과의 승부도 당연히 이길 것이었으니 딱히 대꾸하지 않는 건가요?"

"그래."

"……."

"……."

"뭔가 억울한 것 같네요. 그 지독한 오만함이 짜증 나는데, 뭐라 반박할 수가 없으니."

처음으로 관태랑이 웃는 낯빛으로 입을 열었다.

"오만함이 아니라 자신감입니다."

수란의 눈꼬리가 더 올라갔다.

"당신이라도 옆에서 좀 겸손하라고 조언해야 하는 것 아닌가요?"

관태랑이 고개를 저었다.

"대종사 같은 분에게 어설픈 겸손은 더 어울리지 않습니다. 또한 대종사가 보여주는 자신감은 수하들에겐 자부심으로 돌아오는 법이죠. 생각해 보십시오. 천마검 같은 무인이 않는 소리를 하면 그것이 더 우습지 않겠습니까?"

수란이 쌍수를 들었다.

"졌네요, 졌어."

그러자 관태랑이 술병을 들어 수란의 앞에 놓여 있는 빈 잔에 술을 따랐다.

"드시지요."

"고맙네요. 없는 사람 취급하는 줄 알았는데."

"하하하, 그럴 리가요. 간만에 제대로 몸을 풀어서 허기가 졌을 뿐입니다."

수란은 술잔을 만지작거리다 들어서 단숨에 비우고 말했다.

"또 정파를 돕긴 어렵게 된 거죠?"

백운회와 관태랑의 젓가락이 동시에 멈칫거렸다. 하지만 곧 자연스럽게 움직이며 고개를 끄덕였다.

수란은 애석하다는 얼굴로 말했다.

"이 땅은 천 공자가 정말 어렵게 일군 곳인데……."

그녀는 백운회를 직시하며 말을 이었다.

"당신의 힘도 조금이나마 들어간 곳이기도 하고요. 아쉽네요."

"……."

"천 공자…… 살아 있을까요?"

백운회가 뜻 모를 한숨을 흘리고는 대꾸했다.

"그럴 거다. 아니, 그래야 한다. 내가 녀석을 위해서 이렇게까지 움직여 줬는데, 녀석도 살아서 약속을 지켜야지."

그의 말에 수란이 힐난했다.

"그냥 천 공자는 좋은 사람이니까 살아 있으면 좋겠다고 하면 깔끔하잖아요. 꼭 그렇게 말꼬리를 붙여서 점수를 까먹어요."

관태랑이 쓴웃음을 깨물고 다시 끼어들었다.

"반대입니다."

수란이 눈을 동그랗게 떴다.

"예?"

"천 공자가 살아 있기를 간절히 바라셔서 이렇게까지 움직인 겁니다."

"아…… 그런 건가요?"

수란이 백운회를 보았다. 그러자 백운회가 고개를 절레절레 젓고는 관태랑을 쏘아보았다.

"괜히 내 얼굴에 금칠하지 마."

관태랑이 웃음을 참는 표정으로 수란에게 말했다.

"저 보십시오. 실상은 저렇게 겸손하십니다."

수란이 웃음을 터트렸다.

"풋, 호호호호! 그렇네요."

그때, 하일이 문밖에서 인기척을 내며 말했다.

"문주님, 들어가도 되겠습니까?"

수란이 허락하자 하일이 안으로 들어와 그녀에게 목례를 했다. 이어서 백운회와 관태랑에게도 인사하며 말했다.

"이미 알고는 있었지만, 두 분의 실력에 진심으로 감탄했습니다."

수란이 어깨를 으쓱하며 백운회를 보았다.

"우리 하일 호위도 전투에 참전했었거든요."

"어느 쪽으로?"

"정파. 실력을 드러내지 않는 선에서 빙봉과 거래했죠."

"거래라……."

"실력을 다하지 않는다고 해도 빙봉 입장에서는 소중한 전력이죠. 그리고 우린 이번 전투에 대해 속속들이 파악할 수 있고 말이죠."

백운회는 고개를 끄덕이며 다시 관태랑과 식사를 계속했다. 그러는 동안 하일은 전음으로 수란에게 뭔가를 보고했다.

수란의 얼굴이 굳어지더니 조금씩 풀어졌다. 그러더니 이내 낮게 웃음을 터트렸다.

"호호호호, 그래?"

그녀의 반응에 백운회와 관태랑이 서로 바라보았다. 수란이 눈을 빛내며 입을 열었다.

"어쩌면…… 이번 전투의 진짜 승자는 당신들이 아닐 수도 있겠네요."

"……?"

2

승리의 기쁨도 잠시.

정파인들은 죽어간 동료들의 시신을 수습하며 울었다.

중상자들을 먼저 돌려보낸 모용린은 평소의 차가운 표정을 유지하기 위해 부단히 애를 써야 했다.

곳곳에서 보이는, 익숙한 얼굴들의 시신.

그렇게 한 시진이 지나서야 정파인들은 회군을 시작했다.

터벅터벅 이동하는 정파인들의 얼굴은 메말랐다.

지칠 대로 지친 그들은 연신 한숨을 뱉었다.

조금 전의 전투가 마지막이었다면, 산 자들은 슬픔을 딛고 축제를 열었으리라. 그렇게 술 마시고 웃고 떠들며 죽어간 동료의 넋을 달랬으리라. 또한 자신이 살아 있음에 환호하며 자축했으리라.

하지만 무거운 발을 내디디는 정파인들은 자신들도 머지않아 죽어간 동료들의 뒤를 따를 거라는 우울한 생각에 빠져 있었다.

선두에서 이동하는 수뇌부.

모용린의 곁으로 남궁수가 바투 붙었다.

"빙봉."

"예."

"사기가 너무 떨어졌습니다. 뭔가 조치를 강구하지 않으면 이어질 전투에서……."

남궁수는 말꼬리를 흐리며 뒷말을 생략했다.

이 시점에서 패배란 단어를 언급하는 것은 금기니까.

모용린은 굳이 뒤를 돌아보지 않아도 알고 있다는 표정으로 고개를 끄덕이며 말했다.

"차라리 지금은 슬픈 것이 나아요."

"……."

"소가주도 지금 많이 힘드시잖아요. 검학자 장로님을 비롯해 금검단주님이나…… 소중한 분들을 너무 많이 잃으셨으니. 참지 마세요. 저는 사령관이니 그럴 수 없지만, 소가주께서는 우셔도 돼요."

남궁수는 이를 악물었다가 주먹을 불끈 쥐었다.

"지금은 울 때가 아닙니다. 독기를 품고 다음 전투에 대비해야죠."

"하긴, 소가주도 남궁세가를 대표하는 자리에 계시니까. 하지만 수하들은 달라요. 차라리 짧게라도 슬픔을 누리게 하는 것이 맞아요. 그럼 속이 시원해질 테니까."

"빙봉……."

"어차피 분타에 돌아가면 각자 알아서 전의를 다질 겁니다. 수뇌부와 간부들도 적극적으로 나설 테고요. 그러니 지금은…… 놔두는 게 맞다고 생각해요. 지쳐 있는 수하들을 억지로 다그치면 오히려 역효과만 날 공산이 커요."

남궁수는 엷은 한숨을 내쉬고 고개를 끄덕였다.

일리가 있는 말이다.

"그렇군요. 무슨 말인지 알겠습니다."

"예. 그런데 어쩌면…… 우리가 분타에 들어가자마자, 그러니까 일몰 즈음에 곧바로 사파인들이 쳐들어올 수도 있어요."

남궁수의 눈가가 잔 경련을 일으켰다.

"그들도 휴식이 필요하지 않을까요?"

"다 그렇게 생각하니 허를 찌를 수도 있죠. 야월화라면 충분히 그럴 수 있어요."

남궁수는 자신도 모르게 터져 나오려는 한숨을 삼켰다. 전투가 두려운 것이 아니었다. 다만, 약간의 휴식으로 조금이나마 몸 상태를 끌어 올리고 싶은 것이다.

우울한 남궁수의 표정을 본 모용린이 피식 웃고 말했다.

"하지만 그럴 확률은 그리 높지 않을 거예요. 왜냐하면 야월화가 무상을 지독하게 사랑하니까."

"……?"

"무상은 천마검에게 당해 중상을 입었어요. 긴급 조치만 하고 후퇴를 했죠. 그러니 야월화는 무상이 제대로 된 치료를 받고 어느 정도 안심할 수 있을 때 움직일 확률이 더 높아요."

남궁수의 눈이 깊어졌다. 그는 잠시 생각하다가 의견을 개진했다.

"그럼 오늘은 적이 오지 않을 확률이 높군요."

"제 생각은 그래요. 물론 그렇다고 방심할 수는 없지만."

"……."

"그래서 저는 최소한의 경계병을 제외하고는 모두 푹 쉬게 할 생각이에요. 잘 먹이고 내일 아침까지 푹 자게 하려고요."

남궁수가 눈을 화등잔만 하게 떴다. 그러다가 사파인들이 야습이라도 하면 큰일이었다.

그가 입술을 꾹 깨물고 아무 대꾸도 하지 않자 모용린이 피식 웃었다.

"역시 불안하죠?"

"아무래도 조금……."

"분타에서 십 리 정도 떨어진 곳에 척후를 두면 될 거예요. 적이 아무리 빨리 기습해도 그 정도면 무리 없이 대비할 수 있어요."

사실 척후를 둔다는 것은 양날의 검과 같다. 사파 쪽에서도 암살자를 파견해 척후를 노릴 수 있으니까.

하지만 남궁수는 딴죽을 걸지 않았다. 빙봉이라면 그런 위험도 고려해 이중, 삼중의 대책을 세웠을 테니까.

"알겠습니다. 그럼 오늘은 푹 쉴 수 있겠군요."

그 대화를 끝으로 긴 침묵이 찾아들었다.

모두가 입을 열지 않고 묵묵히 이동했다.

오만 가지 상념이 정파인들의 머릿속을 배회했다.

무상이 중상을 입었으니, 당분간은 전투에 참가하지 못할 것이다. 그러니 이젠 분타의 높은 담벼락 뒤에서 효율적으로 사파인들과 싸우는 것이 가능해졌다.

하지만 이것 역시 양날의 검이었다.

분타가 함락될 경우, 도망칠 구석이 없다.

전멸.

모두가 다가오는 죽음의 그림자를 느끼며 걸었다.

그들이 분타 근처까지 당도했을 때에는 서녘 하늘에 붉은 노을이 피어나고 있었다. 그 노을이 서호에 반사되며 아름다운 광경을 선사했다.

사람들은 그제야 슬픔에서 하나둘 빠져나오기 시작했다.

누군가가 외쳤다.

"내일 일은 내일 생각하고, 오늘은 잘 먹고 푹 자자!"

모용린이 남궁수에게 한 말을 도중에 전파한 것이다. 모두가 고개를 끄덕이며 눈을 빛냈다.

그때, 선두 무리에 있던 팽가주가 앞으로 나서며 손을 들었다.

"잠깐!"

정파인들이 멈췄다. 모두가 의아한 얼굴로 최선두에 있는 팽가주를 보았다.

그러더니 이내 모든 정파인들이 눈을 화등잔만 하게 떴다.

분타의 높은 담벼락 위에서 무수히 많은 사람들이 모습을 드러냈다.

그 광경에 정파인들이 말문을 잃었다.

끼이이잉!

분타의 정문이 열렸다. 그러자 안에서 사람들이 쏟아져 나왔다.

모용린은 자신도 모르게 손을 들어 입을 가렸다. 버티고 버텼는데, 그녀의 눈에서 결국 눈물이 또르륵 흘렀다.

정문에서 쏟아져 나오는 사람들 중 누군가가 죽창을 들고 외쳤다.

"어서 오십시요!"

그의 말이 끝나기 무섭게 환호성이 일었다.

"와아아아아아아!"

예전, 천류영이 십천백지에 끌려갔을 때 구하려 봉기한 민초들이 다시 나선 것이다. 그때만큼 많지는 않지만, 결코 적은 숫자가 아니었다.

몇 천이 우르르 나왔음에도 불구하고 계속해서 사람들이 모습을 드러내고 있었다. 높은 담벼락 위는 틈을 찾을 수 없을 정도로 빼곡했다.

이미 이런 경험을 한 적이 있는 분타의 무사들은 눈물을 흘렸고, 처음 보는 이들은 어리둥절해했다. 그러다가 이내 천류영과의 일화를 기억해 낸 그들도 결국 눈물을 흘렸다.

절강 분타의 감찰단주, 고청검 왕명이 지팡이를 짚고 선두에서 걸어왔다.

팽가주는 입술을 꾹 깨물고 다가오는 백성들을 바라보다가 고개를 쳐들었다. 눈물이 쏟아지려는 것을 참는 것이었다.

"허허허, 호랑이는 죽어서 가죽을 남기고 사람은 이름을 남긴다더니, 무림서생은 그 이름으로 이렇게 수많은 사람들을 끌어모으는구나. 하월, 그 녀석이 왜 그리 무림서생에게 반했는지 이제야 조금이나마 알겠구나."

고청검 왕명이 지척까지 다가왔다. 그는 아픈 허리를 펴고 빙봉에게 말했다.

"승리를 축하드립니다."

모용린은 울음을 참고 대꾸했다.

"그때와 달라요. 사파의 전력이 일만 명입니다. 위험해요. 모두 죽게 될 거라고요. 저분들은……."

왕명이 어깨를 으쓱하며 말을 끊었다.

"저도 그렇게 말했습니다. 그런데 서너 시진 전부터 계속 이렇게 사람들이 찾아오는데, 아무리 설득해도 말을 듣지 않아요. 아! 저기 또 오네요."

그가 가리키는 방향으로 정파인들의 이목이 쏠렸다.

약 일백여 명의 사내들이 볼품없는 무기나 죽창을 든 채 걸어오고 있었다.

황걸 개방주가 심호흡을 하다가 말했다.

"그래도 이건 무림의 대규모 전투입니다. 저분들이 나설 일이 아니에요."

왕명이 한숨을 깊게 쉬고 말을 받았다.

"그건 저들도 알고 있어요. 그래서 전장으로 나가지 않고 이리 온 겁니다."

그는 고개를 돌려 분타를 보았다. 아직도 사람들이 쏟아져 나오고 있었다.

왕명이 계속 말했다.

"이곳의 민초들에게 절강 분타는…… 단순한 무림 세력의 기지가 아닙니다. 무림서생님의 흔적이 스며 있는 곳이에요."

"……."

"어느 누구라도 그분의 흔적을 지우려는 자가 있다면 싸우려고 나선 겁니다. 아마 무림 세력이 아니라 관군이라도 지금처럼 움직였을 겁니다."

모용린을 비롯한 정파인들은 깨달았다.

왕청의 말마따나 이제 이곳은 단순한 무림 분타가 아니

라는 것을. 그들의 눈에 들어오는 분타가 왠지 낯설게 느껴졌다.

이곳은 자신들도 모르는 사이에 성지(聖地)가 되어버린 것이다.

하늘도 버린 땅에서 웃음과 희망을 찾아준 무림서생을 추모하는 장소가 된 것이었다.

왕명의 뒤, 어부로 보이는 중년인이 억센 팔을 들어 올리며 외쳤다.

"우리는 이곳을 지킬 것입니다! 사오주? 사육주? 엿이나 먹으라고 그래! 오랫동안 이곳에 있었으면서도 우리가 핍박받는 것을 구경만 한 놈들입니다. 그리고 일본벌과 뒷거래한 것도 다 알고 있습니다."

어부 옆의 사내가 말을 받았다.

"우리가 무지렁이라지만, 알 건 다 압니다. 무림서생께서 기막힌 화술로 사오주도 왜구와의 싸움에 끌어들인 것을! 이 땅을, 그리고 우리들을 진심으로 아껴주신 분은 그분밖에 없습니다. 그런데 감히 이곳을 쳐들어오다니! 염치도 없지!"

사람들이 계속 말했다.

"하늘에서 무림서생께서 지켜보고 있을 겁니다. 이곳이 다시 하늘도 버린 땅으로 돌아간다면…… 그분이 피눈물을 쏟을 겁니다! 그리고 우리도 다시는 그런 지옥에서 살고 싶지 않습니다!"

"돕겠습니다. 함께 싸웁시다!"

"싸우자아아아!"

"와아아아아아!"

사람들이 함성을 내질렀다.

얼마 전까지 죽음을 예감하던 정파인들이 덩달아 외쳤다.

"싸우자아아아!"

"으아아아아아!"

정파인들은 울고, 민초들은 웃었다.

모용린은 만류하려다가 아연해 옆을 보았다.

남궁수가 악을 써 댔다.

"싸우자아아아!"

팽가주도, 황걸 개방주도, 그리고 철혈무성도 주먹을 불끈 쥐고 외쳤다.

모용린이 당황해하자 팽가주가 말했다.

"빙봉."

"예, 팽가주님."

"거절할 수 없다."

"무림의 전쟁입니다."

"됐어. 여긴 예외야. 아직도 못 깨달은 게냐?"

"하지만……."

"최전선에서 우리가 싸우면 된다. 저분들은 뒤에 배치해. 싸움에 휘말리지 않게, 다치지 않게."

"…….."

"저분들을 내치면 마구잡이로 나서서 일이 더 커질 수 있어."

모용린은 눈앞에 가득 찬 민초들을 보며 한숨을 삼키고 고개를 끄덕였다.

"그도 그렇겠네요."

왕명이 미소로 말했다.

"그분이…… 보고 싶습니다."

그도 천류영이 살아 있을 가능성이 있다는 것을 들어 알고 있었다.

모용린도 고개를 끄덕이며 화답했다.

"저도요."

서호와 분타가 내려다보이는 야산의 정상에 네 명이 자리하고 있었다.

천마검과 섬마검, 수란과 하일.

관태랑이 묘한 한숨을 흘리다가 입을 열었다.

"저렇게 많은 백성들이 그 사람을 위해서 그때도 이렇게 나섰겠군요."

수란이 냉큼 말을 받았다.

"감동적이죠?"

"……."

"그리고 그때는 지금보다 열 배, 아니, 이삼십 배는 더 많았어요. 지평선 끝까지 사방이 사람으로 가득 찼죠. 아마 저 정파인들 속에 천 공자가 있었다면, 지금도 그렇게 모여들었을 거라고 확신해요."

관태랑은 다시 한숨을 뱉고 피식 웃었다. 그러더니 백운회를 보며 말했다.

"대종사."

"……?"

"패왕의 별에 오르시더라도 이곳은 건들지 말아야겠습니다. 이곳은 지금부터, 아니, 무림서생을 위해 수많은 백성들이 나섰을 때부터겠죠. 그때부터 이미 성역이 되어버린 것 같습니다."

백운회는 진득한 미소로 고개를 끄덕였다. 그 미소가 너무 푸근하고 따뜻해 보여 수란이 놀랄 정도였다.

"호오, 패왕의 별이 되기 위해서 넘어야 할 무림서생은 이제 당신의 당당한 호적수라고 불릴 만하지요. 그런데도

그렇게 여유로운 미소를 지을 수 있는 건가요? 역시 자신
감이 대단하시군요. 제가 아까 했던 말 기억해요? 이번
전투의 진짜 승자는 당신이 아닐 수도 있다고."

"그래."

"상황이 이렇게 흘러간다면, 이 자리에 없는 천 공자야
말로 진짜 승자가 되지 않을까요?"

백운회가 웃음을 터트렸다.

"하하하, 하하하하!"

듣는 것만으로도 시원함이 느껴지는 웃음에 수란이 입
술을 삐죽 내밀었다.

"인정하는 건가요?"

웃음을 그친 백운회가 수란을 보았다.

"난 늘 그 녀석을 인정했어. 몰랐나?"

"아, 그렇군요."

수란이 어깨를 으쓱거리며 입맛을 다셨다. 진짜 승자가
천류영이란 말에 천마검이 조금이라도 시샘하기를 바랐는
데……

뭔가 아쉬움이 드는데 백운회가 말했다.

"천류영은…… 역시 훌륭하다. 하지만 그렇다고 천류영
도 진짜 승자는 아니야."

수란의 눈이 번뜩였다.

"천하의 천마검도 질투하는 건가요?"

"훗."

"그럼 승자는 누구죠?"

백운회가 손을 펼쳤다. 그러더니 그 손으로 산 아래를 가리켰다.

"저들이다."

"예?"

"저 민초들."

수란은 당황했고, 관태랑은 미소 지었다.

백운회는 어느새 분타 앞 평지를 가득 메운 백성들을 보며 말했다.

"거친 풍파에 맞서 싸우는 것만으로도 벅찬 사람들이다. 그런 이들이 자신과 가족을 지키기 위해서 일어났다. 한 명, 한 명 그렇게 작은 힘이지만, 서로가 뜻을 모아 용기를 냈다. 진짜 승자는 저들이다. 폭력과 공포에 굴하지 않고, 이제 누군가에게 기대기만 하는 것이 아니라 스스로 나선 자들."

"……"

"세상은 그렇게 더 나은 세상으로 바뀐다. 깨어난 사람들에 의해서."

당황하던 수란도 어느새 미소로 고개를 끄덕이고 있

었다.

"음, 그렇네요. 진짜 승자는…… 저들이 맞군요."

관태랑이 하늘을 우러르며 장탄식을 했다.

그러자 백운회가 물었다.

"보고 싶은가?"

"예."

수란이 끼어들었다.

"뭘 말하는 거죠?"

관태랑이 답했다.

"무림서생."

"아……."

"얘기로만 전해 들었는데…… 이런 광경을 보고 나니, 만나고 싶고 대화하고 싶어지네요. 간절히."

백운회가 고개를 저었다.

"안 돼."

관태랑이 고개를 내려 의아한 표정으로 백운회를 보았다. 그가 묻고 싶은 것을 수란이 물었다.

"왜 안 되죠?"

"관태랑이 녀석에게 반하면, 나 질투할 것 같거든."

폭소가 터졌다.

*　　　　*　　　　*

번쩍!

눈을 뜨자 서릿발 같은 안광이 쏟아졌다. 그러다 천천히 그 빛이 누그러지더니, 이내 잦아들었다.

천류영은 깊게 심호흡을 하다가 눈을 치켜떴다.

침상에 누워 있는 상태.

그런데 몸이 마치 물 위에 떠 있는 것처럼 가벼웠다. 지난 몇 달간 눈을 뜰 때마다 찾아오던 격통이 전혀 느껴지지 않았다.

"아!"

천류영은 짧게 탄성을 뱉었다.

정신을 잃기 전의 기억이 떠올랐다. 자신을 구하러 온 사람들.

그때, 그의 귀에 울음을 참는 소리가 들렸다.

천류영은 천천히 옆으로 고개를 돌렸다. 그러자 침상 곁 의자에 앉아 있는 독고설이 양손으로 입을 틀어막고 오열하는 모습이 보였다.

독고설이 울먹거리며 말했다.

"고마워요."

"……."

"흑흑, 깨어나 줘서. 그리고…… 지금까지 지옥에서 버텨줘서."

천류영이 맑게 미소 지었다.

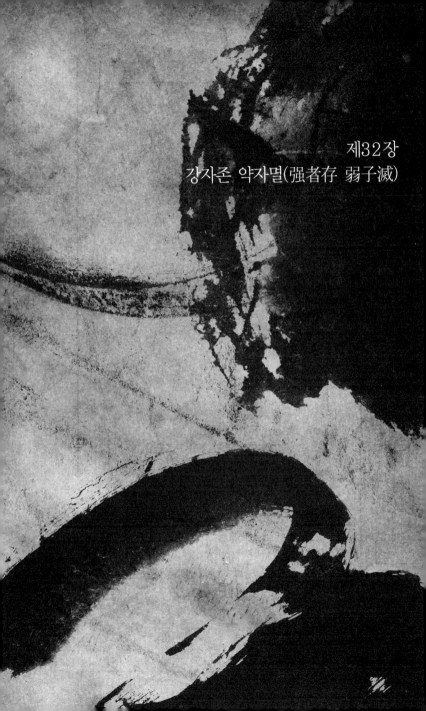

제32장
강자존 약자멸(强者存 弱子滅)

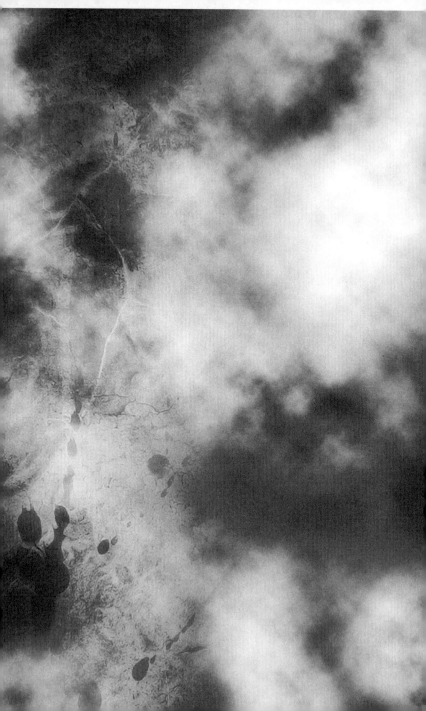

1

"으윽!"

천류영은 침상에서 상체를 일으키다가 자신도 모르게 앓는 소리를 내뱉었다. 독고설이 화들짝 놀라 천류영을 눕히며 외치듯 말했다.

"움직이면 안 돼요! 당분간은 절대 안정을 취해야 해요!"

천류영은 쓴웃음을 깨물었다. 몸이 날아갈 듯이 가볍다고 느꼈다. 하지만 실제로 몸을 움직이자, 숨죽이고 있던 전신의 근육이 마치 기다렸다는 듯이 아우성을 질러 댔다.

독고설은 다시 눕혀진 천류영의 오른손을 양손으로 잡고는 미소로 말했다.

"공력이 많이 늘어났을 거예요. 그래서 힘이 뻗치는 느낌도 들 테고요. 하지만 오랜 고문으로 인해 망가진 오라버니의 몸은 아직 회복되지 않았어요."

"후우우, 그렇군."

"너무 걱정하지는 말아요. 이제 깨어났으니 가장 큰 고비는 넘긴 거나 다름없으니까. 나는…… 오라버니가 깨어나지 못할까 봐……. 아, 내 정신 좀 봐."

독고설이 깜빡 잊었다는 듯이 일어나서는 천류영의 손을 조심스럽게 내려놓았다. 천류영이 의식을 차렸으니 하유를 부르러 갈 참이었다.

지금 하유는 깊은 잠에 빠져 있을 것이다. 하루 종일 잠시도 쉬지 못하고 부상자들을 보살펴야 했으니까.

그녀뿐만 아니라 지금은 모두가 잠들어 있었다.

맹렬히 싸운 정파인들은 거의 쉬지도 못하고 죽어간 동료들의 시신을 수습해 화장(火葬)했다. 그러니 모두가 탈진한 상태로 곯아떨어질 수밖에 없었다. 이곳까지 오느라 누적된 피로도 만만치 않은 상황이었고.

독고설이 나가려는 모습을 보이자 천류영이 입을 열었다.

"의원은 잠시 있다가 불러도 괜찮아. 그보다 궁금한 것이⋯⋯."

독고설의 얼굴이 굳었다. 그녀는 급히 고개를 돌려 어둠 속에 표정을 숨기고 말했다.

"우리는 승리했고, 당신을 구했어요. 그러니 부디 아무것도 생각하지 마세요. 방금 말했잖아요. 절대 안정이 필요하다고요."

지금의 천류영에게 독수 어르신을 비롯한 많은 동료들이 죽었다는 말을 어찌 할 수 있겠는가.

또한 그를 구하기 위해 풍전등화의 절강성을 빠져나왔다는 말도 할 수가 없었다. 그런 말을 듣는다면 천류영은 자책감에 빠져 버리고 말 테니까. 그건 자칫 심마로 이어질 위험도 있었다.

천류영은 뒤돌아서 문으로 걸어가는 그녀의 뒷모습을 보며 깊은 한숨을 내쉬었다. 짧은 순간 여러 생각이 뇌리를 스쳐 지나갔다.

일존을 구슬려 취존을 상대하려 했는데. 더 나아가 그를 이용해⋯⋯.

하지만 그런 생각은 곧바로 지워졌다.

독고설은 승리했다고 말했다. 무신지경의 일존을 상대로.

"으음, 피해가…… 크겠구나."

천류영의 머릿속이 빠르게 회전했다. 분명 일존은 자신이 써준 서찰로 회유를 시도했을 것이다. 그러나 독고설을 비롯한 사람들은 분노에 눈이 뒤집혀 믿지 못했을 것이고.

또 한숨이 흘러나왔다. 자신의 탓이었다. 정신을 잃지만 않았어도…….

천류영이 그렇게 자책하는 한숨을 잇달아 내쉬자 독고설이 다시 침상 곁으로 돌아와 말했다.

"제발…… 지금은 아무것도 생각하지 말아요. 제 간절한 부탁이에요."

"……."

"생각보다 피해가 적어요. 그러니 지금은 마음을 편히하고 몸을 추스르는 것만 생각해요. 예?"

천류영은 입술을 꾹 깨물고 잠시 침묵하면서 일존과 대화를 나눈 순간을 떠올렸다. 사존과 오존에게 보낼 서찰은 분명 전서구로 보내졌을 것이다.

그렇다면 취존은 사존, 오존과 힘을 합치지는 못할 터. 일단 최악은 피했다.

그는 독고설이 다시 내실을 나가려 움직이는 모습을 보며 입을 열었다.

"설아."

"제발……."

천류영이 그녀의 말을 재빨리 끊었다.

"그런 게 아니야."

"……."

"의원, 그러니까 화선부주와 함께 독수 어르신도 좀 모셔와 줘. 만액환단으로 인해 살아났으니, 감사 인사라도 드려야지. 그리고 만액환단의 효능에 대해 여쭤볼 것도 있고……."

천류영은 말을 마치지 못했다.

독고설의 둥근 어깨가 파르르 떨리고 있었다. 그녀의 뒷모습이 위태위태할 정도로 경련을 했다. 순간, 천류영은 자신도 모르게 입술을 깨물었다.

숨 막힐 듯한 침묵이 둘 사이로 지나갔다. 그 정적은 짧지만 지독하게 깊고 슬펐다.

천류영의 잇새로 힘겨운 목소리가 흘러나왔다.

"그런가? 어르신께서도……."

천류영은 독고설의 고개가 밑으로 떨어지는 것을 보며 눈을 감았다. 그렇게 감은 눈에서 굵은 눈물이 흘렀다.

독수 어르신이 돌아가셨다면 대체 얼마나 많은 사람들이 죽었을까?

차마 물어볼 용기가 나지 않았다.

하긴 당연한 것이 아닌가.

상대는 무신지경의 절대고수인 일존이었다. 그리고 휘하의 십지들까지 있었으니. 냉정하게 생각하면 구출대가 패배하고 전멸할 위험도 상당했을 것이리라.

천류영은 숨이 턱 막혔다.

자신을 살리기 위해서 얼마나 많은 사람들이…….

그가 숨죽여 '끅끅' 울자 독고설이 침상 곁으로 돌아와 주저앉았다. 그러더니 다시 천류영의 오른손을 양손으로 잡으며 위로했다.

"오라버니 탓이 아니에요. 천 공자 탓이 아니라고요. 이건 십천백지 탓이니까, 제발 자책하지 마세요. 악당 탓을 해야지, 왜 자책을 하는 거예요."

하지만 천류영의 숨죽인 울음은 멈추지 않았다. 그에 독고설도 함께 울었다.

달빛이 교교하게 흐르는 가운데, 밤안개가 십만대산의 봉우리 사이사이에 내려앉아 있었다.

일월봉의 정상.

폭혈도는 바위에 걸터앉아 멍하니 산 아래를 내려다보면서 양손으로 안고 있는 유골함을 연신 쓰다듬었다.

낮에 화장(火葬)을 한 귀혼창의 유골함이었다.

그는 계속 유골함을 쓰다듬다가 바위에서 일어났다. 그러고는 산 아래로 발을 내디디려다가 멈춰 고개를 뒤로 돌렸다.

어둠 속에서 한 인영이 모습을 드러냈다.

낭왕 방야철.

그가 무거운 음성으로 폭혈도를 향해 말했다.

"가려는 건가?"

폭혈도는 묵묵히 고개를 끄덕였다.

잠깐의 침묵이 흐르고 방야철이 다시 말했다.

"천 공자가 깨어나는 거라도 보고 가지."

"하유가 큰 고비는 넘겼다고 했으니, 별 탈 없을 거요. 그리고 그가 깨어나서 서로 얼굴 봐봐야 더 괴로울 것 같아서."

"그래도…… 아니, 아닐세. 자네 마음 편한 대로 하게."

폭혈도가 몇 걸음을 옮기다가 멈춰 고개를 돌렸다.

"낭왕."

"말하시게."

"고맙소."

예상치 못한 폭혈도의 말에 방야철의 얼굴이 살짝 일그

러졌다. 고맙다고 말해야 할 사람은 자신이었다.

"무슨 뜻인가?"

"그게 그러니까…… 미안하다고 말하지 않아서."

"……."

"오늘 정파인들한테서 그 말을 아주 지겹게 들었거든. 그리고 난 그 말이 아주 고약했소. 정말 싫었지."

방야철은 고개를 들어 까만 하늘을 보며 대꾸했다.

"귀혼창은…… 내가 본 어떤 무사보다 으뜸이었네."

폭혈도의 입가에 흐릿한 미소가 스쳤다. 진심으로 듣고 싶어 한 말은 바로 이것이었다. 그는 들고 있는 유골함을 가볍게 툭툭, 치며 말했다.

"어이, 귀혼창. 천하의 낭왕이 자네가 최고였다고 말하는군. 크하하하! 낭왕이 눈이 삔 게지. 최고는 자네가 아니라 난데 말이야."

웃으며 말하는데, 폭혈도의 눈은 붉었다. 방야철의 눈도 붉어졌다.

"물론 폭혈도, 자네도 멋있었네. 하지만 함께 싸우면서 옆에서 본 동료의 입장에서…… 귀혼창이 최고였어. 아마 앞으로도 그만한 무인은 보기 힘들 거라 장담하네."

"크하하하! 뭐, 낭왕께서 그렇게까지 말하면 어쩔 수 없지. 이봐, 귀혼창! 잘 듣고 있는 거냐? 정파의 낭왕이 널 이렇게까지 추켜세우다니. 이거, 조금 질투 나는데? 하하하!"

멈췄던 폭혈도의 다리가 다시 움직였다. 그의 등을 향해 방야철이 허리를 숙였다.

"조심해서 가시게."

폭혈도가 걸어가며 손을 들어 흔들었다.

"천 공자에게 안부나 전해주시오."

"그러지."

"귀혼창의 목숨 값을 하라고도."

"……."

"천마검 대종사나 나를 제외하고는…… 그 누구에게도 죽지 말라는 뜻이오."

방야철은 한숨을 삼키고 고개를 끄덕였다.

"그리 전하겠네."

폭혈도의 등이 어둠과 밤안개에 가려 희미해졌다. 방야철이 목청 높여 말했다.

"천마검께 전해주시게. 나는……."

폭혈도가 말허리를 끊었다.

"고맙다는 말은 필요 없소. 알다시피 우린 천 공자가 필요했고, 그래서 우리의 할 일을 했을 뿐이니. 무사의 삶이야 어차피 생과 사의 경계선에 있는 것 아니겠소?"

"그게 아닐세."

그러자 폭혈도가 발을 멈추고 고개를 돌렸다. 방야철이
말을 이었다.

"나에게 패왕의 별은 천 공자일세."

폭혈도의 음성이 대번에 불퉁스러워졌다.

"젠장, 낭왕 선배! 지금 그 말을 나더러 전하라는 거
요?"

"하지만, 만에 하나 천마검께서 패왕의 별이 된다
면……."

"……."

"인정하겠다고."

"……!"

"귀혼창 같은 수하를 둔 천마검이니 어찌 인정하지 않
을 수 있겠소."

폭혈도는 살짝 입을 벌렸다가 이내 어깨를 으쓱하고 미
소 지었다.

그 말은 천마검에게 최고의 위로가 될 것이고, 죽은 귀
혼창에겐 더할 나위 없는 찬사였다. 그는 귀혼창의 유골
함을 가볍게 툭툭, 치고는 엄지를 추켜올렸다.

"그렇게 전해 드리리다."

폭혈도는 이내 어둠 속으로 자취를 감췄다. 하지만 방

야철은 한참을 망부석처럼 서 있었다. 그러던 그가 다시 고개를 들어 하늘을 올려다보았다.

그런 그의 얼굴은 우울했다.

일존을 상대하면서 뼈저리게 깨달았다. 무애검의 힘을 빌려 절대고수가 되었음에도 자신 혼자서는 취존을 죽일 수 없다는 것을.

방야철은 아직도 이곳에서 천류영을 처음 봤을 때, 그 순간이 눈앞에 어른거렸다. 지독한 고문을 받고 있을 것이라고 예상은 했지만, 실제로 천류영을 본 순간 억장이 무너져 내린 것이다.

그렇게까지 참혹한 몰골일 줄은 정말 상상도 못했으니까.

방야철의 주먹에 힘이 들어갔다.

귀혼창은 취존을 상대할 그에게 아주 중요한 단서를 제공했다.

그런 절대자를 상대로 일기토는 오만이었다.

믿을 만한 동료와의 합격이 필요했다.

그리고 희생.

"내 목숨을 준다. 대신 취존, 네놈의 목은 내 동료인 풍운에 의해 잘리게 되리라."

낭왕 방야철의 눈이 차갑게 빛났다.

*　　　　*　　　　*

"뭐라고?"

깊은 밤, 막사 안에서 서슬 퍼런 목소리가 갈라져 나왔다.

문상 야월화.

그녀는 자신의 목소리가 너무 컸다는 것을 인식하며 흠칫 놀랐다.

하지만 무상은 여전히 깊은 잠에 취해 있어서 어떤 반응도 보이지 않았다. 야월화는 안도의 한숨을 내뱉고 일어섰다. 그녀는 수하에게 막사 밖에 나가 있으라고 턱짓을 하고는 의원에게 조용히 물었다.

"무상께서는 괜찮으신 거냐?"

의원의 얼굴에 질린 표정이 나타났다가 사라졌다.

이 질문을 오늘 하루 백 번도 넘게 들었던 것이다.

어쩌겠는가, 앵무새처럼 다시 대답할 수밖에.

"예. 워낙 강골이시니 걱정하지 않으셔도 됩니다. 부러진 갈비뼈도 다행히 살짝 어긋났을 뿐이라 다시 맞췄고……. 하지만 달포 이상은 거동을 자제하고 침상에서 쉬셔야만 합니다. 물론 움직이고 싶어도…… 고통스러울 테니 사실상 불가능하지요. 팔뼈나 다리뼈와는 다르게 갈비뼈인지라 숨 쉬는 것조차 불편하실 겁니다."

야월화는 입술을 질끈 깨물었다.

무적이라 믿어온 사형이 이렇게 누워 있는 모습을 보니 참담했다. 높고 오뚝하던 코가 휘었고, 전신은 붕대로 친친 감겨 제 색을 찾기 어려울 지경이었다.

"달포면 되느냐?"

그녀의 물음에 의원은 고개를 끄덕였다.

"예. 다른 분도 아니고 무상이시니까요. 달포면 예전의 기력을 되찾으실 겁니다. 중요한 건…… 그때까지 움직이지 않는 겁니다."

"알았다. 최선을 다하거라."

야월화는 막사 밖으로 나가면서 몇 번이나 고개를 돌려 무상을 확인했다. 무거운 자책이 그녀를 괴롭혔다.

심안이 격하게 발동되었을 때, 무상을 불러들였어야 했다. 아니면 대산 총표파자를 비롯해 고수들로 하여금 돕게 하거나.

그저 무상만 믿고 막연히 기다린 자신이 못 견디게 싫었다.

그녀가 막사 밖으로 나오자 수뇌부가 굳은 얼굴로 모여 있었다. 야월화는 손거문에게 절대적 안정이 필요하다는 이유로 그들의 막사 방문을 허용하지 않은 것이다.

아니, 솔직히 말하면, 대산의 접근이 꺼려진 탓이었다. 그런데 대산만 출입을 금지시키면 말이 나올 수 있기에 모두 막은 것이다.

코 옆에 큼지막한 점이 있는 흑점도 장로가 입을 열었다

"무상께서는?"

사실 무상의 상태에 대해서는 계속 파악하고 있었다. 그럼에도 불안했기에 다시 물은 것이다.

그만큼 무상의 존재는 절대적이었으니까.

야월화는 최대한 차분한 어조로 대꾸했다.

"이미 들어서 알고 계시겠지만, 당분간 휴식을 취하기만 하면 됩니다."

"들어가서 뵙고 싶은데……."

야월화가 매몰차게 말을 끊었다.

"며칠만 참아주세요."

그녀를 바라보는 불만스러운 얼굴들.

야월화는 괜한 불만이 터져 나오기 전에 곧바로 화제를 돌렸다.

"절강 분타에 백성들이 합류했다고 들었어요."

팔짱을 끼고 몇 걸음 물러나 있던 대산 총표파자가 입

을 열었다.

"그 숫자가 삼만이 넘는다는군. 거참, 죽은 제갈공명이 산 사마중달을 쫓아낸다더니, 그런 경우가 아닌가. 죽은 무림서생이 우리 상황을 제대로 꼬이게 만들었어."

혼잣말 같은 그의 중얼거림을 들으며 모두 난감한 기색을 지었다.

지금 절강 분타에서 싸울 수 있는 정파인은 많아봐야 천여 명에 불과할 것이다. 분타의 담벼락 뒤에 숨어 있다 한들, 한 시진이면 전멸시킬 수 있는 전력이었다.

그런데 삼만의 백성이 정파에 합류하면서 총표파자의 말마따나 상황이 제대로 꼬여 버렸다.

광혈창이 망설이는 표정으로 입술을 몇 차례 여짓대다가 의견을 말했다.

"항주는 포기하는 것이 좋을 것 같습니다."

그러자 사나운 시선들이 광혈창에게 쏟아졌다. 사파의 구사검 장로가 노골적으로 혀를 차고 힐난했다.

"삼만 명이라고 해도 무지렁이 백성들이네. 그들이 두려워 꼬리를 말고 도망친다면…… 전 무림인들이 우리를 비웃을 거란 말이지."

흑점도 장로가 맞장구쳤다.

"가뜩이나 무상께서 천마검에게 패해 사기가 떨어졌는

데, 여기에서 도망까지 친다? 안 되는 일이지. 암, 안 되고말고. 어떻게든 절강 분타를 함락해야 되네. 그래야 무상의 패배도 유야무야될 것이고, 수하들의 사기도 다시 올라갈 테니까."

광혈창이 답답하다는 얼굴로 반박했다.

"그럼 무림인도 아닌 백성들을 살육하자는 말씀이십니까? 삼만 명입니다, 삼만 명! 그렇게 많은 백성을 죽이면 관에서도 나설 것이고, 그 후폭풍이……."

대산이 광혈창의 말허리를 끊었다.

"정파의 분타에 들어선 순간, 그들은 평범한 백성들이 아니다. 정파의 협력자들일 뿐."

"하지만……."

"광혈창! 우린 지금 소꿉놀이가 아니라 전쟁을 하고 있다! 그 전쟁에 자발적으로 끼어든 이들을 어떻게 평범한 백성이라고 할 수 있겠는가!"

그의 곁에 서 있는 녹림부왕이 말을 받았다.

"아버지의 말씀이 참으로 옳습니다. 또한 구사검 장로와 흑점도 장로의 고견에도 동감합니다. 이대로 물러선다면 우리 사파인들은 천하의 웃음거리로 전락하고 말 겁니다."

광혈창이 주먹을 불끈 쥐었다가 풀며 반박했다.

"형님, 아무리 그래도 백성들 삼만 명을 죽인다는 건 위험합니다. 무림 사상 유례가 없는 일이에요."

"흥! 그건 기우다. 무공도 모르는 민초들은 우리가 성난 파도처럼 돌진해 가면 지레 겁먹고 흩어질 것이야."

수뇌부 대부분이 고개를 끄덕이며 동감의 표정을 지었다.

고음교주가 야월화를 보며 입을 열었다.

"문상, 네 생각은 어떠냐?"

야월화는 입술을 잘근잘근 깨물며 쉬이 대답하지 못했다. 보다 못한 천응문주가 짜증을 냈다.

"무상이 저리됐다고 문상까지 소극적으로 변한 것이오?"

야월화는 길게 한숨을 뱉고 대꾸했다.

"그건 아니에요. 저 역시 여러분의 의견처럼 패퇴해 돌아가는 것은 말도 안 된다고 생각해요. 하지만…… 광혈창 채주의 의견도 분명 일리가 있어요. 만약 삼만 명의 백성들이 도망치지 않고 끝까지 저항한다면……."

"겁나는 건가?"

천응문주의 도발성 물음에 야월화의 눈꼬리가 올라갔다. 그녀는 천응문주를 쏘아보며 고개를 저었다.

"우린 이 전쟁의 명분을 잃을 수도 있어요. 패왕의 별과는 멀어지는 거죠."

대산이 차가운 어조로 반박했다.

"최후의 승자가 되면 명분도 되찾을 수 있지. 문상, 너답지 않게 너무 순진하게 생각하는 것 아닌가? 아니면 무상을 닮아가는 건가? 사파인이면 사파인답게 생각하고 움직이는 게 맞다."

"……."

"우리가 패왕의 별이 된다면, 정파나 마교가 주장하는 것과는 다른, 사파만의 기치를 세워야지. 그리고 나는 이번이 그 기회라고 생각한다."

야월화의 입꼬리가 씰룩거렸다.

그녀는 대산을 여전히 경계하고 있었다. 지금도 그가 근처에 있으니 심안이 약하게나마 발동하고 있는 상황. 즉, 그녀의 심안은 여전히 대산을 신뢰할 수 없는 자라고 알려주고 있었다.

하지만 방금 대산의 말은 자신도 공감하는 바였다.

그녀가 물었다.

"우리가 패왕의 별이 된다면…… 우리만의 기치를 세운다고 하셨나요? 총표파자께서는 어떤 명분을 세우고 싶으신 건가요?"

사람들의 시선이 대산에게 쏠렸다. 대산은 히죽 웃고

대꾸했다.

"문상, 너와 같다."

"……."

"위선적이고 어줍지 않은 정파의 협과 정의심 같은 명분 따위는 걷어치워야지. 무림이면 무림다운 게 가장 아름답지 않은가? 야생으로 돌아갈 필요가 있다."

"야생이라……. 구체적으로 표현하면?"

"후후후, 간단하다. 강자존 약자멸(强者存 弱子滅)!"

2

몇몇 이들이 눈을 번뜩였고, 다른 이들은 숨을 들이켰다. 오로지 광혈창만이 탄식을 삼키며 눈을 감았다.

대산 총표파자의 언급에서 나온 강자존.

강호무림에서 흔히 말하는, 강한 자가 존중받는다는 강자존(强者尊)이 아니다.

강한 자만 살아남는다는 짐승의 법칙인 강자존(强者存)이다.

야월화의 입가에 걸린 미소가 짙어졌다. 무상도 총표파자처럼 이런 단호한 모습을 가졌다면 하는 아쉬움이 들었다.

대산은 야월화를 직시하다가 천천히 고개를 돌리며 자신을 바라보는 수뇌부와 일일이 눈을 마주쳤다.

"낮에 전장에서 천마검이 주장한 것을 다들 기억하실 것이오."

"……."

"마협? 훗, 멋있게 들리지만, 실상은 웃기는 얘기지. 솔직히 우리 사파에서 패왕의 별이 나온다면…… 여러분은 그 강한 권력을 쥐고 고작 약자들이나 보살피며 여생을 살고 싶소?"

대산이 질문했지만, 모두가 침묵했다. 그러자 대산이 히죽 웃고 말을 이었다.

"솔직해집시다. 우리 사파인들의 흉중엔 야생의 잔혹성이 똬리를 틀고 있소. 그것을 숨기고 살 생각이오? 아니오! 우리가 패왕의 별에 도전하는 건, 누구의 눈치도 보지 않기 위함이잖소. 왜 우리가 고작 힘도 없는 민초들의 눈치를 살펴야 한단 말이오? 힘으로 누르면 알아서 고개 숙일 그 무지렁이들을!"

"……."

"혹시 오해할까 봐 말하는데, 내가 무상의 고상한 웅지를 비난하는 건 결코 아니오. 수장에게는 그런 것도 필요한 법이지. 하지만 그에겐 그의 꿈이 있듯이 우리에겐 또 우리의 길이 있는 거라 생각하오. 그리고 나는 충분히 무상의 뜻을 존중하면서도 우리는 우리대로 뜻을 펼치면서, 그렇게 함께 공존하며 세상을 잘 이끌 수 있다고 믿소. 지금까지처럼."

그의 말이 끝나자 많은 군웅들이 격하게 고개를 끄덕였다. 몇몇은 살짝 손뼉까지 쳤다.

야월화는 감탄과 경계의 감정을 동시에 느꼈다. 대산 총표파자는 역시 보통 인물이 아니었다.

그는 사파 수뇌부가 무상으로 인해 억눌러 온 본성에 물꼬를 터주었다. 동시에 수뇌부가 존경하는 무상을 비난하지 않고 인정함으로써 자칫 불화로 번질 수 있는 싹을 제거한 것이다.

야월화는 묘한 미소를 머금었다.

무상이 중상을 입으니 총표파자가 드디어 야망을 드러낸 것이다. 무상에게 치우쳐 있는 사파인들의 신뢰를 넘겨받으려는 술책.

'총표파자, 어디 네 뜻대로 해봐라.'

그녀는 이것도 나쁘지 않단 생각을 했다. 기실 방금 대산의 주장처럼 자신과 사파의 많은 수뇌부들은 야생의 길을 걸어왔다.

무상의 눈치를 살피며, 그의 눈과 귀를 가리고 뒤에서

그렇게 살아왔다.

그리고 안다.

무상이 패왕의 별에 오르고 나면, 그 후 언젠가 이 문제가 수면 위로 떠오르리라는 것을. 그리고 무상의 불호령이 떨어지며 숙청의 피바람이 불 것이리라.

야월화는 그때 이 모든 것에 대한 책임을 총표파자에게 뒤집어씌우면 좋겠다는 생각에 자꾸 웃음이 새어 나왔다.

어차피 무상께서 패왕의 별에 오른다면 적당한 시점에 토사구팽 시켜야 할 녹림이었다. 그때의 명분으로 이만한 것이 없으리라.

그 모습을 본 대산이 자신도 미소 지으며 말을 건넸다.

"역시 생각대로 문상도 내 주장에 동조하는군."

그녀는 굳이 대답하지 않고 어깨만 으쓱거렸다. 그러자 대산이 앞으로 몇 걸음 나와 친근한 어조로 말했다.

"이런 것까지 말한 이상 더 솔직해지는 것도 나쁘지 않겠지. 나는 문상, 그대와의 관계가 꽤 불편하다."

"……."

"그리고 그 이유에 대해서도 잘 알고 있지. 너는 내가 무상을 젖히고 패왕의 별이 될 수 있는, 잠재적인 적이라고 여기고 있는 것 아닌가?"

일순 주변이 조용해졌다.

서로의 속내를 다 짐작하고 있다. 그러나 이렇게 노골적으로 드러낼 수는 없으니 쉬쉬하고 있던 문제를 대산이 끄집어낸 것이다.

야월화가 입술을 뗐다.

"무슨 말을 하고 싶은 거죠?"

"나는…… 무상과 함께 여러 전장을 거치면서 깨달았다."

"뭘 말이죠?"

"그와 나의 격차를."

"……."

"나는 그와 나의 차이가 그리 크지 않다고 생각했다. 하지만 그것이 내 오만이라는 것을 깨닫는 것은 그리 오래 걸리지 않았지."

"호호호, 그것을 깨닫는 데 오래 걸리지 않았다고요? 그럼 왜 지금까지……."

그녀의 말을 대산이 끊었다.

"내 자존심 때문이었다. 그것을 입 밖으로 내 사람들 앞에서도 인정하는 건 생각보다 어렵더군. 이래봬도 명색이 일만 녹림도의 수장 아닌가."

흑점도 장로가 너털웃음을 터트리고 끼어들었다.

"허허허, 지금이라도 우리 무상을 공식적으로 인정해

주니 참으로 보기 좋소이다."

주변의 사파 수뇌부가 일제히 고개를 끄덕였다. 그들은 거의 비슷한 생각을 하고 있었다.

지금까지 녹림을 견제해 왔다. 하지만 방금 총표파자가 자신의 생각을, 즉 무상을 존중하면서도 사파엔 사파의 기치가 필요하다는 주장을 하자 공감대가 형성된 것이다.

동시에 야월화가 생각한 것처럼 만약 무상이 진노할 경우가 생긴다면, 그 사태에 관한 책임을 대산에게 덤터기 씌울 생각도 들었고.

대산이 히죽 웃고는 수뇌부들을 훑으며 말했다.

"앞으로 더 친해질 시간이 많을 거라 생각하오. 하지만 지금은 당장 해야 할 일을 해야 하지 않겠소? 항주의 절강 분타를 공략합시다."

야월화의 눈가가 일그러졌다.

"지금이라고 하셨습니까?"

그녀의 질문을 흑점도 장로가 받았다.

"무상이 아직 의식도 찾지 못했는데……."

그의 말을 대산이 끊었다.

"무상께서 깨어나서 상황을 파악한다면 과연 공격을 허락하겠소?"

수뇌부가 입술을 깨물며 침묵했다. 그러자 야월화가 나

섰다.

"백성들이 정파에 합류했다는 보고를 안 하면 됩니다. 일단 무상께서 깨어나는 것부터 봐야지요. 수장이 중상을 입은 채 깊은 잠에 빠진 상태인데, 우리끼리 전장에 나간다는 건 어불성설……."

"지금 민초의 숫자가 삼만이라고 했다. 그게 내일이 되면 오륙만 명이 될 수도 있고, 모레가 되면 십만이 넘을 수도 있겠지."

"……."

"우리가 물러나기 전까지 그 숫자는 계속 늘어날 공산이 크다. 물론 그 무지렁이들의 숫자가 뭐 그리 겁나겠냐마는…… 너도 알다시피 그런 놈들에게는 숫자가 주는 맹신이 의외로 힘을 발휘할 수도 있다."

야월화가 입술을 씰룩거리다가 고개를 끄덕였다.

"그렇군요. 그 점을 간과했어요. 맞아요, 동의해요."

"후후후, 이해한다. 지금 무상이 저 지경이니 아무래도 네 머리가 복잡해 평소와는 다르겠지."

야월화는 속으로 발끈했지만, 겉으로 표현하지는 않았다.

"대산 총표파자님의 말마따나 민초들의 숫자가 늘어나면 늘어날수록 불리해지는 건 우리죠. 또한 그렇게 사람

들이 계속 늘어나면 정파인들도 기세가 오를 것이고. 총
표파자님의 주장이 옳아요. 지금 공격하면 민초들이 흩어
지겠지만, 하루 이틀 지나면 그사이에 정파인들과 정이
들어 버티는 놈들도 많아질 공산이 커요."

침묵하고 지켜보던 고음교주가 입을 열었다.

"쇠뿔도 단김에 빼랬다고, 그럼 지금 움직이는 것이 좋
겠군. 야심한 새벽에 쳐들어가면 민초들은 지레 겁먹고
흩어질 것이 분명하다."

모두가 동의했다. 광혈창만 빼고. 그러나 그는 아무런
주장도 하지 않았다. 어차피 얘기해 봐야 소용없을 것이
빤했으니까.

야월화는 부상자와 군영을 지킬 병력인 이천을 제외하
고 반 시진 안에 출진 준비를 마치라고 명령했다. 최대한
조용하게. 그에 수뇌부가 부랴부랴 흩어졌다.

대산 역시 녹림이 자리한 곳으로 움직이며 광혈창에게
말했다.

"그렇게 불만스러우냐? 그렇더라도 표정 관리를 해라.
네 녀석이 그런 표정을 짓고 있으면 다른 방파의 수장들
이 나를 어떻게 보겠느냐?"

수하 관리도 못하는 수장으로 볼 것이라는 질책.

"죄송합니다."

"이번 전투가 그렇게 싫다면 굳이 너는 참전할 필요가 없겠지."

순간, 광혈창은 서릿발 같은 한기가 몸을 관통하는 느낌이 들었다.

이것은 자신을 축출하겠다는 경고가 아닌가.

광혈창이 놀라 그 자리에서 부복했다.

"용서해 주십시오."

그 모습에 곁에 있던 녹림부왕이 싸늘한 표정으로 비웃었다. 원래 총표파자의 최측근은 자신이었는데 삼 년 전부터 기미가 보이더니, 어느 순간 자신의 자리를 광혈창에게 완전히 빼앗겼다. 그렇기에 광혈창을 바라보는 녹림부왕의 심사는 꼬일 대로 꼬여 있었다.

대산은 그런 녹림부왕에게 출전 준비를 일임했다. 평소라면 광혈창이 하던 일. 녹림부왕이 환한 얼굴로 나는 듯이 뛰어갔다.

대산은 주변에 있는 다른 사람들도 물리고 광혈창에게 말했다.

"일어나거라."

"아버지, 죄송합니다."

"됐다. 내가 너를 아끼는 이유는 너의 그런 착한 마음 때문이니."

"예?"

광혈창이 어리둥절해하자 대산이 피식 웃었다.

"너는 강하고 사나우면서도 인의(仁義)와 인정(人情)을 갖추고 있다. 또한 충언이라 생각되면 직언을 두려워하지 않지. 그것은 나로 하여금 폭주를 하지 않게 만든다. 한 번 더 생각하게 만들지. 훗날 내가 패왕의 별이 된다면, 너 같은 이가 반드시 내 곁에 있어야 한다."

"⋯⋯."

"무엇보다 그런 네놈이니 배신도 하지 않을 테고. 배신할 놈이라면 너처럼 그리 반발하지 않거든. 저기 뛰어가는 녹림부왕이나 다른 아들들처럼 아부만 해 대지."

"⋯⋯."

"내가 널 가까이 둔 가장 큰 이유다."

광혈창은 '배신'이라는 단어를 듣는 순간부터 다시 등줄기로 차가운 기운이 흐르는 것을 느꼈다. 그래서 숨도 못 쉬고 고개만 조아렸다.

그러자 대산이 웃으며 광혈창의 어깨를 잡아 손수 일으켜 세웠다.

"광혈창."

"예, 아버지."

"삼 년 전, 너는 목숨이 위험한 데도 불구하고 방주채와 수한채가 대립하면 안 된다고 주장했지. 모두가 차기 권력에 줄을 서느라 바쁜데, 너는 달랐어."

"아버지…… 불민한 제가 그때는 그 모든 것이 아버지의 커다란 대계(大計)였음을 읽지 못하고."

광혈창이 부끄럽다는 듯이 다시 고개를 푹 숙였다. 그러자 대산이 그의 양어깨를 양손으로 툭툭 치며 소리 없이 웃고 말했다.

"네 진심을 살피기 위해 자객도 보냈지. 그럼 놀라 아소채로 도망칠 줄 알았는데, 버티더구나."

"포기할 수 없었습니다. 그때 굴복하면 정말 녹림이 두 동강 날 수도 있다고 생각돼서……."

"하하하. 그래, 그래서 내가 너를 아끼는 것이다."

"고맙습니다, 제 진심을 알아주셔서."

광혈창은 눈을 붉히며 목이 메인 듯 말했다. 물론 속으로는 다른 생각을 했지만.

자신의 진심은 총표파자 당신을 향한 것이 아니라 녹림을 향한 것이다.

대산은 광혈창의 붉은 눈을 보며 입을 열었다.

"네가 이곳에 남아서……."

"아버지, 저도 참전할 것입니다. 아버지 옆에서 혹여 모를 위험을 막을 것입니다."

"아니, 너는 이곳에서 할 일이 있다."

광혈창은 고개를 갸웃거렸다.

"예? 무슨 일을?"

대산이 주변으로 기막을 둘렀다. 소리가 새어 나가지 않게.

광혈창은 긴장한 얼굴로 물었다.

"무슨 일입니까?"

대산의 입가에 진득한 미소가 떠올랐다.

"네 목숨을 나에게 맡길 수 있겠느냐? 자칫 죽을 수도……."

광혈창은 끝까지 들을 필요도 없다는 듯이, 지체 없이 답했다.

"물론입니다. 언제, 어디서라도."

대산이 만족한 표정으로 무겁게 말했다.

"네가 무상을 상대해 줘야겠다."

*   *   *

무상을 치료하던 의원은 화등잔만 해진 눈으로 막사의 입구를 보았다.

그곳엔 녹림의 아소채주, 광혈창이 서 있었다.

"들어가겠소."

의원은 성큼성큼 막사 안으로 들어오는 그를 보며 아무 말도 하지 못했다. 입구를 지키고 있는 호위무사들이 쓰러져 있는 것이 바람에 펄럭이는 입구의 천 사이로 흘깃 보였다. 한 명, 한 명이 수십 명을 상대할 수 있는 대단한 고수들이다. 그런 호위가 무려 셋. 그런데도 그들이 순식간에 당한 것이다.

물론 아군인 광혈창이 기습을 할 것이라고는 상상도 하지 못한 것이 가장 큰 이유겠지만, 그보다 광혈창의 실력이 예상보다 훨씬 위라는 점도 작용했다.

의원이 뒤로 주춤 물러나며 물었다.

"바, 반역입니까?"

의원은 소리를 질러 도움을 청할까 생각했다. 그러나 이내 고개를 저었다.

지원이 오기 전에 자신의 목이 날아갈 것이 자명했다. 또한 자신이 굳이 그런 위험을 감수하지 않더라도 막사의 좌우와 뒤편에 있던 호위들이 벌써 움직였다.

찌익, 찌이익.

막사를 찢는 호위들.

광혈창은 어깨를 으쓱하며 중얼거렸다.

"반역이라……."

그는 막사를 찢고 들어오는 호위들을 보며 싱긋 웃었다.

화악!

광혈창이 한 걸음을 내디뎌 순식간에 무상이 누워 있는 침상 곁에 자리했다. 의원이 놀라 엉덩방아를 찧으며 주저앉았고, 막사로 들어온 호위들이 소리를 질렀다.

"광혈창! 당장 창을 버려라!"

"어서 물러나지 못할까!"

호위들이 빽빽 소리를 질렀고, 막사 주변으로 몰려드는 무사들의 고함도 계속 이어졌다.

"반역이다!"

"녹림의 채주가 반역을 일으켰다!"

조용하던 군영에 난리가 났다.

하지만 그들 중 어느 누구도 함부로 막사 안으로 들어가지 못했다. 이미 쟁쟁한 호위들이 들어간 상황인데다가 그 호위들 중 일부가 수하들의 접근을 막았다.

혼란을 틈타 또 다른 반역자가 나타날지도 모르거니와, 인원 통제에 실패하면 무상의 안위가 더 위험해질 공산이 큰 탓이었다.

한편, 막사 안에 들어온 호위들도 감히 광혈창에게 덤벼들지 못했다.

그가 무서워서?

아니다.

그가 쥐고 있는 장창의 끝이 무상의 가슴에 닿아 있기 때문이었다.

"광혈창, 네놈이 미쳤구나? 총표파자가 시키더냐? 감히 이런 짓을 하고도 녹림이 무사할 것이라고 생각했다면……."

광혈창이 히죽 웃으며 중년 호위의 말을 끊었다.

"좋소. 더 크게 외치시오!"

"뭐라?"

"막사 밖의 고함으로는 부족한 듯하니 당신들도 크게 외치란 말이오. 그래야 무상께서 깨어나실 수 있을 테니까."

황당하고 기가 차서 호위들의 말문이 막혔다. 광혈창은 자신의 앞에 주저앉아 있는 의원을 보았다.

"무상님을 깨워라."

"예?"

"나, 녹림의 아소채주, 광혈창이 목숨을 내려놓았다. 무상께 한마디 말씀을 올리기 위해서!"

호위들의 눈이 커졌다.

암살하려는 것이 아닌가?

그때, 막사 입구로 들어온 수하가 수신호를 했다.

쓰러진 세 명은 죽은 것이 아니라 단지 기절했다는 신호.

호위들은 서로 눈빛을 교환했다.

일단 상황을 지켜보기로. 괜한 도발로 광혈창을 흥분시키는 것은 피해야 했다. 자칫 천추의 한을 남길 수도 있으니까.

의원이 침을 꼴깍 삼키고 광혈창에게 말했다.

"아시겠지만, 지금은 무상님의 회복에 아주 중요한 때입니다. 지금 억지로 깨우면 부상을 회복하는 데 두 배의 시일이 걸릴 겁니다. 또한 예상치 못한 후유증을 오래 앓을 수도 있습니다."

"갈! 나는 목숨을 걸었다고 이미 말했다! 또한 무상께서 회복하는 시일이 두 배 걸린다 한들 무슨 상관이랴. 패왕의 별로 갈 수 있는 길이 영영 막힐 수도 있는 사안이거늘!"

그제야 안에 있는 호위들은 광혈창의 의도를 간파했다. 얼마 전, 절강 분타를 공략하기 위해 출진한 일을 무상께 간하려는 것이었다.

중년 호위가 신음을 삼키고 입을 열었다.

"광혈창, 당신의 뜻은 알겠소. 그러나 그건 이미 문상과 수뇌부가 결정한 일. 그런 일로 무상님의……."

그가 눈을 동그랗게 뜨며 말꼬리를 흐렸다.

누워 있던 무상이 손을 들어, 자신의 가슴에 닿아 있는 광혈창의 창날을 움켜쥔 것이다.

손거문이 눈을 뜬 채 광혈창을 보았다. 그러자 광혈창은 창에서 손을 떼고 한쪽 무릎을 꿇으며 외쳤다.

"녹림의 광혈창, 무상께 목숨을 걸고 한 말씀 올리려 합니다."

그가 창을 놓자 호위들이 득달같이 달려들었다. 그와 동시에 그들의 창칼이 광혈창의 얼굴과 목, 그리고 가슴과 등에 수없이 겨눠졌다.

하지만 광혈창은 저항할 생각이 조금도 없다는 듯이 꼼짝도 하지 않았다.

중년 호위가 무상을 향해 말했다.

"쉬십시오. 안정을 취하셔야 합니다. 이자는 저희가 처리하겠습니다."

손거문은 천천히 몸을 일으키며 대꾸했다. 의원이 야월화에게 말했듯, 숨 쉬는 것도 아픈지 그의 표정이 절로 일그러져 있었다.

"물러가라."

"예?"

"광혈창만 남고 모두 막사 밖으로 물러나라!"

"⋯⋯!"

3

광혈창은 정파의 절강 분타에 백성들이 삼만 명이나 몰려든 것과 그곳을 공격하기 위해 사파인들이 출전한 것을 얘기했다.

그러자 가뜩이나 핼쑥하던 손거문의 안색이 더욱 창백해졌다.

광혈창 외에 유일하게 남아 있던 의원이 곁에서 계속 심호흡을 하라고, 마음을 편히 가지라며 끼어들었다.

하지만 결국 손거문은 몸을 부르르 떨며 각혈까지 했다.

그가 피를 토하자 의원이 대경해 외쳤다.

"무상님! 흥분하시면 위험합니다!"

그의 소란에 문가에 있던 호위들 중 중년 호위가 안으로 뛰어 들어왔다. 그는 손거문이 피를 토한 것을 보고는 까무러칠 듯이 놀라 다가왔다.

"무상, 보중하셔야 합니다."

손거문이 그런 호위를 향해 손에 잡힌 베개를 던지며

외쳤다.

"네놈도 나를 우습게 여기는 것이냐!"

"소, 속하가 어찌……."

"그렇다면 어찌 내 명도 없는데 네 멋대로 안으로 들어오는 것이냐!"

중년 호위가 얼떨결에 베개를 받은 채 부르르 떨다가 힘없이 침상 위에 내려놓았다. 그러고는 허리를 숙이며 말했다.

"부디……."

"나가 있으라고 이미 명했다."

"존명."

손거문이 탄식했다.

"사매, 어찌 명민한 네가…… 사파의 백 년 앞을 내다봐야 할 네가 어찌……. 그렇게 권력을 쥐고 휘두르는 것이 좋단 말이냐? 내가 그렇게 부탁하고 부탁했는데도."

그러더니 문가에 다다른 중년 호위에게 명했다.

"말을 준비하라! 곧바로 출발할 것이다!"

의원이 아연한 얼굴로 말을 받았다.

"지금 말을 타시면 그 고통을 감당하기 어렵고, 목숨마저 위험할 것입니다. 또한 이 캄캄한 새벽에 말을 타다 자칫 낙마라도 하시면…… 돌이킬 수 없습니다."

광혈창도 입을 열었다.

"제가 대신 가겠습니다. 무상께서 저에게 직접 서찰을 하나 써주시면……."

"다 쓸데없는 일이다. 내가 직접 가지 않으면 막을 수 없을 것이야. 그것을 그대도 모르지 않을 터인데?"

"목숨으로 막겠습니다. 어차피 저는 이 미친 짓을 벌였으니 살기는 틀렸습니다."

"허! 목숨으로 막겠다? 아니다. 막지 못하고 그저 죽게 될 뿐이다."

"……."

"그리고 그대 목숨은 걱정하지 마라. 설사 총표파자라도 널 건드리지 못하게 하리니."

"무상……."

"진심으로 내 뜻을 읽고, 목숨을 초개같이 여겨 충언을 하는 자가 하필 녹림의 그대라니. 그러나 어쩌면 이것도 인연일지니, 내 그대를 사오주와 녹림을 잇는 귀한 인재로 쓰겠다."

"……."

"내가 이렇게까지 하면 총표파자도 널 내치지 못하리라."

"감사합니다."

손거문은 광혈창에게 손을 내밀었다.

"말까지 나를 부축해 주겠는가?"

일어서는 것조차 힘든지 그는 오만상을 쓰고 있었다. 광혈창은 한숨을 삼키고 말했다.

"끝까지 모시겠습니다. 밤의 어둠이 깊어 자칫 길의 구덩이를 말이 살피지 못할 수 있으니, 제가 앞장서 길을 살피겠습니다."

손거문이 찰나 흠칫했다.

말 한 마디, 한 마디가 너무 충직하고 절절했다.

만약 이자가 간신이나 간자라면?

하지만 손거문은 이내 고개를 저었다.

녹림의 총표파자도 사오주의 주요 인물의 성정을 파악했겠지만, 자신들도 마찬가지였다.

아소채의 광혈창 채주는 총표파자의 최측근이다. 그러나 광혈창이 어떠한 성정이기에 최측근이 되었는지는 이미 파악하고 있었다.

이자는 아부와 아첨을 혐오하는, 진실되고 바른말을 하는 인물이었다. 그래서 녹림에서 그를 싫어하는 이들도 적지 않다고 알고 있었다. 물론 좋아하는 자들도 많았지만.

녹림에서 극과 극의 평가를 받고 있는 인물.

하지만…… 그런 이유로 대산은 이번 음모에 광혈창을 발탁한 것이다. 총표파자와 녹림의 전폭적인 신뢰만 받는 자라면, 아첨과 아부만 일삼는 자라면, 무상이 광혈창을 믿지 않을 테니까.

손거문이 말했다.

"널 믿고 따를 터이니, 앞길을 밝혀라."

광혈창이 포권을 취했다.

"존명!"

잠시 후, 광혈창이 선두로 손거문과 휘하 호위 이십여 명이 말을 타고 길을 떠났다.

*   *   *

서호 옆에 서 있는 무림맹 절강 분타의 주변은 수많은 화톳불과 모닥불로 밝았다.

백성들이 노숙을 자처한 것이다.

하지만 실제로 잠을 청하는 이들은 많지 않았다. 평소라면 아주 깊은 잠에 빠져 있을 시간이지만, 모두 상기되어 서로 웃고 춤추며 떠들었다.

뜻을 함께하는 동료들이 이리 많다는 것에 들뜬 것이다.

동지 의식.

그들은 설마 얼마 전까지 치열한 전투를 치르고 패해 물러난 사파인들이 곧바로 야습해 올 거라고는 상상도 하지 못했다. 특히나 그들의 수장인 무상이 천마검에 의해 중상을 입었다는 얘기를 들었기에 더더욱 그랬다.

"자자, 한잔합시다. 내일부터는 어떻게 될지 모르니 당분간 술을 마실 수 없을 터, 오늘은 진탕 마셔봅시다."

"하하하, 좋습니다, 좋아요."

축제였다.

그 모습을 성벽에서 바라보는, 번을 서고 있는 무림인들도 밝은 표정이었다.

그건 이렇게 많은 백성들이 자신들을 지지해 줌으로써 생겨난 희열 때문이었다.

사람이 사람을 알아봐 주고 인정하며 지지해 주는 것.

그것을 가리켜 사람들은 명예라고 부른다.

수많은 권력자들이 거짓으로라도 그 명예를 얻으려 시도하는 건, 그 가짜 명예마저도 이루 말할 수 없이 달콤하기 때문이다.

그런데 지금 정파인들은 가짜가 아닌 진짜 명예를 부여받고 있었다. 그러니 어찌 기쁘고 행복하지 않겠는가.

빙봉이 성벽 위를 순찰하다가 팽가주와 남궁수를 보고

는 다가왔다.

"어찌 이 늦은 시간까지 깨어 계십니까?"

팽가주가 미소로 대꾸했다.

"잠깐 잤네."

그는 어깨를 으쓱하며 말을 이었다.

"잠에서 깨니 아까 저녁에 본 것이 진짜였나라는 생각이 들더군. 다시 흥분이 도졌지 뭔가."

남궁수가 말을 받았다.

"저도 그렇습니다."

"허허허, 그래. 무인으로 살면서 이런 감정은 처음이네. 참 많은 생각이 들었지. 만감이 교차한다고 말해야 할까?"

"……."

"나는 지금 매우 기쁘네. 아니, 기쁘다는 말로는 부족할 지경이야. 수많은 제자와 수하들을 잃었음에도 불구하고 나는 기쁘다네."

남궁수가 아릿한 미소로 고개를 끄덕였다.

"예, 저도 그렇습니다. 검학자 장로님과 금검단주를 잃었습니다. 그렇게 사문의 많은 사람들을 잃었습니다. 그런데도 저 역시 이젠 가슴이 아프지 않습니다. 슬프지만 기쁜 마음으로 보내 드릴 수 있을 것 같습니다."

모용린이 미소로 분타 앞을 훑으며 말을 받았다.

"그렇게 돌아가신 분들의 희생이 의미 있었다는 것을 저들이 증명해 주었으니까요."

팽가주가 손뼉을 가볍게 한 번 쳤다.

"정답이네."

"……."

"우리 제자들이 저승에서 이 광경을 보고 행복해할 것을 생각하니……."

팽가주가 눈시울을 붉히며 말꼬리를 흐렸다. 하지만 여전히 입가에는 미소를 머금고 있었다.

그때였다.

저 멀리 어둠 속에서 북소리가 들려온 것은.

둥! 둥! 둥! 둥! 둥!

그리고 컴컴하던 어둠 위로 횃불들이 하나둘씩 켜지더니, 삽시간에 좌우로 퍼져 나갔다.

왁자지껄하던 분타 앞 축제가 대번에 정적에 빠져들었다. 설마 하던 정파인들과 백성들이 숨을 죽이며 앞을 보았다.

아직은 멀지만 서서히 다가오는 횃불의 물결.

모용린이 즉시 명령을 하달했다.

"적이다! 비상 타종을 울려라! 번을 서던 경계병들은

당장 백성들을 분타 뒤로 물리고 해산시켜라!"

그녀는 아차 싶었다.

이렇게 많은 백성들이 몰려들었으니 사파인들이 바로 야습할 확률은 전무할 것이라고 여겼다. 그래서 척후를 세우지 않은 것이 뼈아팠다.

하지만 그 와중에도 다행인 것은 저들이 근처까지 몰래 접근했다가 기습을 한 것이 아니라는 점이었다.

그랬다면 정말 커다란 피해를 입었을 터.

사파인들도 이렇게 많은 백성들을 상대할 생각은 없다는 뜻이었다.

자신들이 급습을 하지 않았으니 정파는 백성들을 흩어지게 하라는, 암묵적인 거래라고 할 수 있었다.

뎅뎅뎅뎅뎅뎅뎅!

종소리가 어둠에 잠겨 있는 분타를 요란하게 깨웠다.

분타의 정문이 열리고 번을 서던 정파인들이 뛰어나갔다.

"모두 분타 뒤로 가십시오! 분타 뒤로 물러나십시오!"

무수한 횃불을 밝힌 사파인들은 조용히, 그리고 천천히 다가들었다.

진득한 공포가 분타 앞 백성들을 휘어잡았다.

사파인들 중 공력 심후한 누군가가 고함을 질렀다.

"앞을 막아서는 것들은 모조리 머리를 으깨주마!"

수많은 이들의 흉소(凶笑)가 뒤따랐다.

"크하하하하!"

"으하하하하!"

"사지를 찢어버리겠다!"

"모조리 죽여 버리자!"

잔혹한 고함 뒤에는 어김없이 흉소가 뒤따랐고, 일정한 주기로 울리는 북은 조용히 허공을 울렸다.

문상 야월화의 노림수였다.

공포를 전염시켜 민초들이 두려워 흩어지게 하려는.

그런데 여기서 아무도 예기치 못한 상황이 벌어졌다.

이미 죽음을 각오하고 온 백성들이, 침묵을 지키던 그들이 갑자기 소리를 질러 댔다.

"이놈들아! 와라!"

"싸우자! 싸워 지키자!"

"와아아아아!"

"우와아아아!"

거대한 함성이 일었다.

이곳으로 왔던 결심 때문인지, 아니면 술기운 때문인지 모른다. 어쩌면 둘 다 작용했을 수도.

"무림서생님의 원수를 갚자!"

"다 죽여 버리자! 이곳은 우리 땅이다!"

천류영을 죽였다고 알려진 자들은 해적이지 사파인들이 아니다. 그러나 지금 백성들에겐 그런 것이 중요한 게 아니었다.

오랫동안 하늘도 버린 지옥에서 살아온 그들에게는 이곳을 공격해 오는 자들은 모두 왜구고 악마였다.

모용린과 팽가주, 그리고 남궁수의 눈이 마주쳤다.

백성들이 각자 챙겨온 병장기와 죽창을 들고 고함을 질러 댔다.

이것을 뭐라고 해야 할까?

폭동(暴動)?

곳곳에서 분타 뒤로 물러나라고 외치는 정파인들의 외침은 아예 들리지도 않았다.

잠에서 깨어나 뛰어나오던 정파인들도 알 수 없는 상황에 당황했다.

그건 사파인들도 마찬가지였다. 그들도 당황하는데, 성격이 괄괄한 천응문주가 노발대발했다.

"버러지 같은 것들이 감히!"

그는 고개를 돌려 야월화를 향해 외쳤다.

"문상! 당장 명을 내리게! 저런 벌레 같은 놈들은 앞에서 잔인하게 밟아줘야 정신을 차릴 테니까!"

구사검 장로가 호응했다.

"목이 날아가고 팔다리가 잘리는 것을 봐야 도망칠 놈들이다."

고음교주도 동의했다.

"앞 전선만 제대로 무너뜨리면 오히려 저 많은 숫자가 저놈들의 발목을 잡을 것이야. 사방으로 도망치면서 저희들끼리 짓밟을 테니까. 그럼 저들은 오히려 정파인들의 운집을 방해할 터, 우리는 흩어져 있는 정파 놈들을 사냥하면 된다."

그러나 야월화는 명을 내리지 않았다. 그녀는 입술을 꽉 깨문 채 곤혹스러운 표정이었다.

'왜지? 왜 도망가지 않지?'

그녀는 대산이 주장한 강자존 약자멸의 견해에 동의했다. 그리고 그런 가치관에는 약자들은 조금만 겁을 줘도 놀라 벌벌 떤다는 전제가 깔려 있었다.

그런데 지금 원래 예상과 다르게 상황이 흘러가고 있었다.

어떻게 단 한 명도 도망치는 자들이 나오지 않는 거지?

그리고 한 번 예상이 틀리면 또 틀릴 수도 있다는 것을 받아들여야만 했다.

만약 저 민초들이…… 앞에서 힘없이 쓰러져 나감에도

도망가지 않고 항전한다면?

현실성이 없긴 한데, 정말로 그런 일이 발생한다면?

야월화는 자신도 모르게 소름이 돋았다.

정말로 삼만의 민초를 다 죽인다는 생각은 결코 해보지 않았으니까. 아까 수뇌부들끼리 토론할 때, 정파에 붙었으면 일반 백성이 아니라고 했던 주장들은 그 백성들이 도망간다는 전제하에 나온 것이었다.

저들이 도망가지 않으면?

끝까지 저항한다면?

갑자기 숨이 턱 막혀왔다.

분명 이길 것이다. 모조리 쓸어버릴 수 있다.

그렇지만 그 후폭풍은 감당하기 어렵다.

또한 사형이 패왕의 별로 가는 길은 완전히 사라지고 말 것이다.

그녀가 고개를 돌려 대산을 보았다. 대산도 미간을 찌푸린 상태였다. 그도 예상하지 못했다는 표정.

"총표파자."

그녀가 부르자 대산이 인상을 구긴 채 전면을 보다가 입을 열었다.

"나는…… 문상의 판단에 따르겠다!"

야월화는 순간 욕을 뱉을 뻔했다.

흑점도 장로가 외치듯 말했다.

"우리가 초반에 실력 행사를 하면…… 분명 도망갈 것이오. 도망가야 하고말고. 도망가지 않을 리가 없다."

천응문주가 일갈했다.

"뭘 그리 잔머리를 굴리는 건가! 이미 내친걸음이다. 만약 우리가 여기서 물러난다면 어떻게 되는지 정말 모르는가! 무사도 아니고, 저 힘없는 놈들이 두려워 꼬리를 만다면…… 그야말로 진짜 천하의 웃음거리가 되고 말 것이야!"

그의 말에 곤혹스러워하던 많은 사파인들이 고개를 끄덕이며 살기를 내뿜었다.

그때였다.

또 하나의 돌발 상황이 발생한 것은.

어쩌면 그건 통제받지 않은 군중의 위험성을 보여주는 장면이기도 했다.

민초 중 누군가가 외쳤다.

"가자!"

그 고함을 시작으로 수십여 명이 우르르 앞으로 달려 나갔다. 그러자 여기저기에서 함성이 터져 나왔다.

"가자!"

"와아아아아아!"

"무림서생님의 원수를 갚자!"

"우리의 것을 더 이상 뺏기지 않는다!"

"우와아아아아!"

삼만 백성이 앞으로 달렸다. 그러자 그들을 분타 뒤로 보내려던 정파인들도 만류하려 뛰었다.

수성전을 준비하던 분타 내의 정파인들도 화들짝 놀랐다.

빙봉 모용린이 '아아!' 탄식을 뱉다가 외쳤다.

"공격하라! 나아가 사육주를 공격하라! 어서 빨리!"

앞질러야 한다.

만약 백성들을 희생양으로 내보내고 자신들이 뒤에 숨었다는 소문이 퍼지기라도 한다면, 자신들은 다시는 얼굴을 들고 살 수 없으리라.

전혀 그럴 의도는 없지만, 소문은 그렇게 날 확률이 지대했다.

냉정? 차분한 전후 파악? 명분과 실리?

지금 그런 것은 아무 의미도 없었다.

모용린뿐만 아니라 정파의 수뇌부도 머리가 하얗게 변했다.

팽가주는 아예 담벼락에서 바로 뛰어내렸다. 남궁수도 경공을 펼쳤다. 뒤늦게 나온 황걸 개방주가 경악하며 외쳤다.

"대, 대체 지금 무슨 일이……. 앞으로! 앞으로 나아가라! 공격하라!"

모두의 머릿속은 공황이 되었다.

이 전투!

이겨도 죄인이고, 져도 죄인이 된다. 도망가도 마찬가지다.

탈출구가 없는 전투가 바야흐로 시작된 것이다.

"와아아아아아!"

삼만 군중이 물밀 듯 달려들었다. 가만히 서 있을 때는 별거 아니다 싶었는데, 이렇게 달려드니 마주 보는 사파인들 입장에서는 전혀 다른 감정이 생겼다.

자신도 모르게 가슴이 꽉 조이는 듯 답답했다. 그리고 심상치 않다는 불안감도 가슴 한 켠에서 슬금슬금 고개를 들었다.

야월화가 부르르 떨며 외쳤다.

"무, 물러나야 합니다."

어떻게 이런 일이…….

그녀의 머릿속도 빙봉 모용린이나 정파의 수뇌부처럼 헝클어졌다.

그러나 사파의 수장들은 아니었다.

천응문주가 노발대발했다.

"버러지 같은 것들이! 죽여라!"

그가 명을 내렸다.

무상이 있다면 모를까, 문상이라면 크게 개의치 않는 사오주의 수장들이었다. 그리고 이번 전투는 문상이 무상에게 자신들을 해코지하는 보고를 올릴 수도 없을 터다.

고음교주가 외쳤다.

"본보기로 잔인하게 죽여라! 초반만 확실하게 밟아주면 알아서 흩어질 것이다!"

대체로 사파인들은 민초들을 막 대하는 자들이 많았다.

약한 자를 밟을 때 느끼는 가학성과 잔인함이 상당하다. 바로 그 점을 무상에게 천마검도 지적한 것이고.

사파인들이 흉흉한 기세로 뛰어나갔다.

문상이 외쳤다.

"안 돼! 멈춰! 물러나야 한다! 물러나! 이 전투는 이겨도 져도……."

천응문주가 그녀의 말을 고함으로 끊었다.

"문상, 네가 걱정하는 일은 벌어지지 않는다! 초반만 가차 없이 쓸어버리면 된다. 처음에만 짓밟으면!"

야월화는 달려오는 삼만여 민초들을 보며 여전히 소름이 돋아 있었다.

어둠 속에서 형형히 빛나는 눈빛.

저건…… 자신이 알고 있던 약자의 눈빛이 아니었다. 그 버러지들은 감히 눈조차 마주치지 못해야 정상이다. 그런데 지금 저들의 눈은…… 전사의 안광을 뿌리고 있었다.

"아냐, 아냐. 저것들은 물러서지 않을지도 몰라."

그녀는 지금 자신이 지휘권을 빼앗겼다는 사실도 망각하고 있었다.

고개를 가로젓던 그녀의 눈에 꼼짝하지 않고 있는 무리가 들어왔다.

녹림.

그들은 유일하게 자리를 지키며 움직이지 않고 있었다.

야월화가 벌컥 외쳤다.

"총표파자! 지금 당신은 대체 뭘 하고 있는 거죠?"

전면을 보고 있던 대산이 야월화를 향해 고개를 돌렸다.

"문상, 그대의 명을 기다리고 있지."

"……!"

"우린 아직 너에게 공격령을 하달받지 못했으니까."

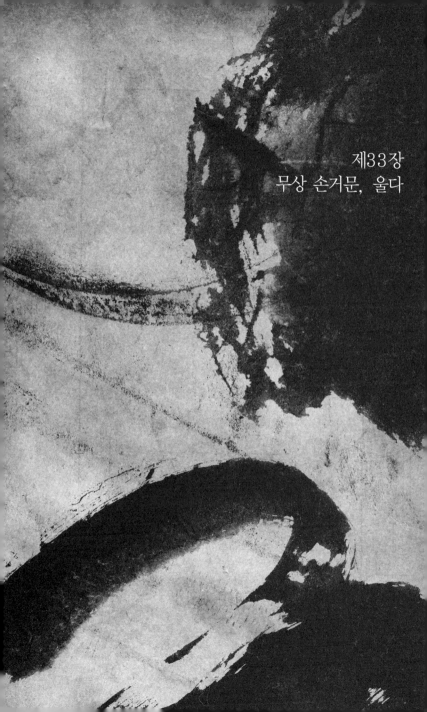

제33장
무상 손거문, 울다

1

삼만 군중이 함성을 지르며 노도처럼 달렸다. 오천 여 사파인들도 광소를 터트리며 뛰었다.

서로 간에 상당한 거리가 있지만, 빠르게 좁혀졌다.

뒤늦게 분타에서 나온 정파인들은 상황이 상황인지라 우왕좌왕, 질서라고는 찾아볼 수 없었다.

어떻게든 백성들 앞으로 나아가야 했다. 하지만 삼만 명이란 숫자는 그 자체로 거대한 벽이었다.

"우와와아아아!"

백성들이 내지르는 함성이 어둑한 허공을 연신 울렸다.

야월화는 이를 갈았다.

방금 대산 총표파자의 말은 음험했다. 이 전투로 발생할 모든 책임을 자신과 사오주에게 뒤집어씌우려는 것이었다. 그녀가 분기를 참지 못하고 부르르 떨었다.

혹시 총표파자는 민초들이 이렇게 나올 줄 예상하고 있었을까?

아니, 그건 아닐 것이다.

세상의 어느 누구도 이런 상황 전개는 예상하기 어려웠다. 왜냐하면 이런 일은 평생 동안 한 번이라도 경험하기 어려울 테니까.

무림인들 앞에서는 늘 눈을 내리깔고 고개를 숙이던, 겁에 질려 있는 백성들만 보고 살아왔다. 그 버러지 같던 놈들이 감히 자신들을 향해 달려들 것이라 어느 누가 예상할 수 있었겠는가.

총표파자라고 예외는 아니었다.

그렇지만 대산은 이런 상황을 임기응변으로 자신에게 유리하게 이용하려는 것이 자명했다.

야월화는 다시 한 번 이를 바드득 갈았다. 이 엿 같은 상황에서 자신만 살길을 찾는 대산을 죽여 버리고 싶었다.

어차피 꼬일 대로 꼬여 버린 상황. 지금 후퇴령을 내려봤자 천응문주를 비롯한 사파의 수뇌부가 받아들일 리 만무했다.

그렇다면 녹림도 함께 움직여야 한다. 이들에게만 면죄부를 줄 수는 없는 노릇. 그건 녹림이 사육주의 주축으로 부상하게 만들 것이다.

"당장! 녹림도 출진하세요!"

대산은 어깨를 으쓱하며 묘한 미소를 짓고 침묵했다. 야월화의 눈썹이 꿈틀거렸다. 그녀가 다시 힘주어 외쳤다.

"뭐하시는 거죠? 저는 지금 공격령을 내렸어요!"

대산이 히죽 웃고는 차갑게 대꾸했다.

"거부하겠소."

"……!"

"우리 녹림은…… 이번 전투의 전공을 당신과 사오주에 양보할 것이오."

야월화는 전신의 피가 싸늘하게 식는 기분을 느꼈다.

말문을 잃어버린 야월화 대신 그녀의 호위인 흑살대주 흑수륵이 입을 열었다.

"총표파자! 문상께서 내린 명을 거역하는 것이오?"

"거역이라? 후후후, 그렇게 받아들여도 상관없다."

"감히!"

흑수륵이 성내며 앞으로 발을 내딛자, 녹림부왕도 눈을

치켜뜨고 나섰다.

"흑살대주, 죽고 싶은 것이냐? 너야말로 감히!"

"하! 무상께서 위중하시니 본색을 드러내는구나!"

서로가 죽일 듯 노려보는 가운데 대산이 야월화를 향해
말했다.

"문상, 그대도 짐작하겠지만, 저놈들…… 제정신이 아
니다. 제정신이었다면 감히 우리를 향해 저리 돌격해 올
수는 없는 법이지."

"……."

"저들은…… 어쩌면 끝까지 도망가지 않을지도 몰라.
만약 흩어지지 않고 계속 저항한다면 어떻게 할 건가? 다
죽일 건가?"

대산의 질문에 야월화는 서릿발 같은 시선으로 노려보
며 외쳤다.

"당신들이 장담했잖아! 분명 도망칠 거라고!"

그녀의 일갈에 대산이 소리 없이 웃고 대꾸했다.

"그랬지. 하지만 아닐 수도 있다는 것을 방금 깨달았
다. 문상, 너도 마찬가지 아닌가?"

"……."

"저 버러지들이 끝까지 항전한다면…… 우리는 이 전투
를 이겨도 지는 것과 다름없을 것이다. 동의하나?"

"……."

"그렇다면 최악의 상황은 피해야겠지. 만약 저놈들이 최초의 충돌 이후, 이각이 넘도록 도망칠 기미를 보이지 않는다면…… 우리 녹림이 나서서 이 전투를 중재하겠다."

녹림부왕과 눈싸움을 하고 있던 흑수륵이 미간을 찌푸리며 물었다.

"중재라니? 총표파자, 그게 무슨 뜻입니까?"

야월화가 손바닥으로 이마를 쓸어 올리며 대신 답했다.

"싸움을 중지시키겠다는 의미예요."

흑수륵은 기가 찬 표정을 지으며 대산을 쏘아보았다.

"전투가 한창일 텐데, 어떻게 중지시킬 수 있단 말입니까?"

대산이 목을 천천히 빙글 돌리며 웃다가 말했다.

"하하하, 자네는 내가 절대고수란 것을 잊었나 보군. 하긴 걸출한 무상과 같이 지내다 보면 그럴 수도 있겠지."

"……."

흑수륵은 입술을 꾹 깨문 채 침묵했다. 대산의 말마따나 절대고수란 존재는 그런 것이다. 치열한 대규모 전투도 잠시 멈추게 할 만한 능력의 소유자.

야월화가 말했다.

"굳이 이각을 기다릴 필요 없이 지금 당장 총표파자의 능력을 보여주세요."

그렇게 요구하는 야월화의 낯빛이 붉었다. 부끄러움 때문이었다. 무상이 없는 전장에서 자신의 명이 사파의 수장들에게 제대로 먹히지 않는다는 것을 인정하는 것이었기에.

대산이 고개를 저었다.

"안타깝게도 그럴 수 없다는 것을 그대도 잘 알 텐데? 놈들이 도망칠지 아닐지 확실하지도 않은 상황에서 내가 싸움을 중지시킨다면? 후후후, 그랬다가는 사오주의 수뇌부가 자존심에 상처를 받을 테고, 더 나아가서 나를 적이라 여길 테니까. 나는 사파의 동료들에게 미움 받고 싶은 생각은 손톱만큼도 없다."

"……."

"다 같이 하늘에 기원하자고. 저 빌어먹을 버러지들이 곧 사방팔방으로 흩어져 도망치기를 말이지."

야월화는 참담한 표정으로 한숨을 삼켰다.

애초에 무상 없이 전장에 나오지 말았어야 했다. 상황이 꼬이고 꼬여 버리니 자신이 할 수 있는 것이 없었다.

문득 그녀의 뇌리에 죽은 무림서생이 떠올랐다. 그는 삼 년 전 무림에 들어서면서부터, 단 한 번도 전장에서 주도권을 잃은 적이 없었다.

어디 전장뿐이겠는가.

세상을 읽는 눈과 협상 능력도 탁월했으며, 수많은 사람들을 동지로 만들었다.

세상의 가장 밑바닥에서 오로지 능력 하나로 꼭대기까지 올라간 인물.

그에 비하면 자신은 너무 초라했다.

무상이 곁에 없으니 군령조차 무시당했다. 반면 무림서생은 죽었는데도 그를 따르는 이들이 부지기수였다.

당장 저 무수한 민초들만 봐도 그랬다.

괴로운 표정의 그녀를 흑수륵이 위로했다.

"천응문주님이나 고음교주님 말씀처럼, 저 무지렁이들은 곧 공포에 질려 도망칠 겁니다. 너무 걱정하지 마십시오."

대산이 말을 받았다.

"나 역시 진심으로 그러길 바란다."

그는 야월화를 직시하며 계속 말했다.

"그러지 않으면…… 무상께서 문상 그대를 증오하게 될지도 모르니까. 그리되면 우리 사파는 유능한 책사를 잃게 되는 일이 생기지 않겠나. 하하하!"

대산은 호탕하게 웃었다. 하지만 그의 머릿속은 복잡했

다. 낮에 천마검의 등장으로 자신들이 패배한 것부터가 예상 밖의 일이었다.

원래 계획대로라면 예전의 전투처럼 압도적인 승리를 거머쥐어야 했다. 그리고 그 여세를 몰아 마교와 붙게 될, 무당산에 모여 있는 정파의 배후를 노려야 했다.

정확히 말하면, 마교와 정파 중 승리한 세력을 기습하는 것이다.

그렇게 그려놓은 사파의 큰 그림이 지금 뿌리째 흔들리고 있었다.

첫 번째는 천마검 때문이고, 두 번째는 죽은 무림서생 때문이었다. 무림서생이 아니었다면 지금 저 백성들도 이곳에 없었을 테니까.

천마검과 무림서생.

대산은 팔짱을 끼며 입술을 꾹 깨물었다.

무림서생은 죽었다. 하지만 천마검은 건재하다.

더구나 그는 무상마저 패퇴시킬 정도로 강한 인물.

대산은 최후의 대적자가, 지금은 같은 배를 타고 있는 배교가 될 것이라고 예상하고 있었다. 하지만…… 어쩌면 배교가 아니라 천마검이 될지도 모른다는 생각을 했다.

천마검.

직접 보니 소문보다 훨씬 더 위험한 인물.

대산의 입꼬리가 씩 올라갔다.

그렇다면?

천마검과 배교를 싸움 붙이면 될 것이다.

대산의 머릿속이 분주한 계산을 하는 사이, 마침내 삼만 백성들과 오천의 사파인들이 충돌했다.

째애애애애앵!

날붙이들이 충돌하며 시퍼런 불똥을 어두운 공간에 퍼트렸다.

서걱, 서걱!

사파인들의 맹렬한 칼질에 죽창이 잘려 나갔다. 그리고 백성들의 죽창은 몇몇 사파인들의 가슴에 박혔다.

푹, 푹푹!

"끄아아아악!"

사파인들의 비명.

하지만 그렇게 비명을 지르는 사파인들의 숫자는 극히 일부였다. 비명의 대부분 몫은 민초들이었다.

콰지직, 콰직, 서걱, 서걱!

"으아아아악!"

충돌하는 최전선의 대부분에서 민초들의 목이 베어졌다. 그들의 머리가 허공으로 날아갔고, 팔다리가 잘려 나갔다.

쏴아아아!

머리, 그리고 팔다리를 잃은 민초의 몸뚱어리에서 피
분수가 솟구쳤다.

사파인들이 흉소를 터트렸다.

"크하하하! 갈가리 찢어 죽여주마!"

사파인들의 억센 창칼이 민초들의 몸을 희롱했다. 민초
들의 선두 대열은 순식간에 붕괴됐다.

찢겨져 나가떨어지는 시신들. 그 시신을 밟고 전진하는
사파인들.

민초들이 악다구니를 썼다.

"죽이자! 저 악마들을 죽이자아아!"

고함이 울부짖음에 가깝다. 절규다.

눈에 핏발이 섰다. 앙다문 입술에 핏방울이 맺혔다.

방금 전까지 함께 술 마시며 웃고 떠들던 동료들이 눈
앞에서 죽어 나갔다.

스멀스멀 피어나는 공포.

하지만 그 공포를 압도적인 분노가 뒤덮었다.

쇄애애액.

사파인들을 향해 찔러 넣는 죽창들.

비록 무공을 익히지 않아 공력은 없지만, 육체적인 힘

은 무인 못지않은 사내들이었다.

나무꾼의 도끼가, 농부의 낫이, 어부의 회칼이 허공을 날았다. 뒤쪽의 민초들이 던지는 무수한 돌들이 어두운 공간을 날아가다 떨어졌다.

많이 빗나갔지만, 적지 않게 사파인들의 몸에 적중했다. 워낙 캄캄한 밤이라 그랬다. 주변에 동료들이 가득 운집해 있어서 피하기 어려워서 더 그랬다.

콰직.

"끄아아악!"

이마에 도끼를 맞은 사파인이 비명과 함께 즉사했다.

사파인도, 그리고 민초들도 동료들의 비명에 이를 갈았다.

부우우우웅.

창과 칼이 허공을 울리며 찌르고 휘돌았다.

한쪽에서 민초들이 우르르 넘어졌고, 그 틈에 낀 사파인들도 함께 넘어지다가 칼침을 맞았다.

"으아아악!"

쓰러져 죽어가던 백성 하나가 마지막 힘을 쥐어짰다. 얼굴을 들어 바로 앞을 지나가던 사파인의 종아리를 깨물었다.

저주 어린 고함과 피맺힌 절규가 사방에서 빗발쳤다.

전선은 전투가 시작되자마자 붕괴되면서 모두가 뒤엉켰다.

파파파팍!

민초들 중엔 제법 칼을 쓰는 낭인들도 있었다. 무림서생을 존경해 합류한 낭인들. 혹은 뜨거운 협의지심을 간직하고 살아가던 사람들.

그들의 박도가 사파인들의 가슴을 찢었다. 그런 후, 그들의 가슴도 어느 사파 고수의 칼에 의해 찢겨졌다.

민초들을 만류하다가 얼떨결에 싸우게 된 정파인들도 검을 맹렬히 휘둘렀다.

슈슈슈슈슉.

젊은 농부의 배에 사파인의 검이 박혔다. 그 농부는 피를 줄줄 흘리면서도 자신의 배에 박힌 검을 움켜쥐었다. 사력을 다해서.

사파인이 당황하며 검을 빼내려고 용쓰는 사이, 옆에 있던 농부의 친구가 죽창을 찔렀다.

푸욱!

"컥."

쓰러지는 사파인의 얼굴엔 불신의 기색이 역력했다. 자신이 고작 이런 놈들한테 죽을 거라고는 상상한 적조차 없었으니까.

사파인들은 민초들을 추풍낙엽처럼 베며 전진했다.

사방에서 비명과 통곡이 일었다. 동시에 분노로 가득한 고함도 빗발쳤다.

"원수를 갚자! 복수를 하자!"

무림서생을 기리는 복수일까, 아니면 방금 죽어간 벗을 위한 복수일까?

민초들은 연신 밀려났고, 무너져 내렸다. 여전히 사방에서 피 분수가 허공에 뿌려졌고, 머리와 팔이 무수히 잘려 나갔다.

그럼에도 그들은 저항했다.

뒤따라 달려오던 정파인들이 마침내 앞으로 합류했다.

팽가주가 분노한 어조로 악을 썼다.

"네놈들이 진정 사람이냐? 어찌 민초들을 상대로 이리 악독하단 말이냐!"

그가 쥔 도에서 쉼 없이 도기가 뻗어 나갔다.

사파에서도 천응문주 같은 수뇌부들이 전면으로 나섰다. 그들이 본격적으로 움직이자 허공을 적시는 피 보라가 현저하게 늘어갔다.

산 자와 죽은 자가 뒤엉킨 전선.

다리를 잘린 누군가가 하늘을 우러르며 오열하는 소리가 들렸다.

"신이시여! 부디 이 땅을 지켜주십시오! 제 자식들의 희망을 꺾지 말아주십시오!"

그 오열을 들은 민초들과 정파인들의 눈시울이, 그리고 가슴이 뜨겁게 불타올랐다.

사파인들도 전장이라는 괴물에 잡아먹혔다. 창칼이 난무하는 그곳에서 냉정을 유지한다는 것은 불가능에 가까웠다.

전투 초반, 흉악하게 몰아붙여 도망치게 만들겠다던 생각은 천 리 밖으로 사라졌다.

예상을 훌쩍 뛰어넘어, 징글징글하게 달려드는 민초들. 그들을 향한 살기와 투쟁심이 전신을 지배했다.

죽인다. 놈들을 죽여야 내가 산다.

이 비루한 것들이 내 동료들을 죽이고 있다.

쨍쨍, 쨍쨍쨍쨍쨍!

"으아아아악!"

"죽여! 죽여 버려!"

광기가 전장의 모두를 삼켰다.

애초에 전술 따위도 없고 질서라고는 찾아볼 수 없는, 개싸움과 같은 전투.

그런 싸움이기에 더욱 잔인하고 험악했다.

지금 이 순간에도 민초들이 던지는 돌멩이들의 숫자는

많았다. 그리고 그 돌멩이들은 사파인들의 머리를 으깼다. 종종 동료인 민초들이나 정파인들에게도 해를 입혔다.

최초의 충돌이 있은 지 고작 일각.

그 짧은 시간에 적지 않은 피해가 발생했다.

이각은 기다려 보겠다던 대산 총표파자는 상황의 심각성을 깨달았다. 야월화가 고개를 저으며 절박하게 말했다.

"당장! 당장 이 싸움을 멈춰야 해요! 지금도 늦었어요!"

대산은 느긋한 표정을 고수하고 싶었지만, 부지불식간에 한숨이 나왔다.

"알겠다."

그가 이형환위로 앞으로 달리며 사자후를 터트리려는 순간, 뒤에서 거대한 천둥소리가 터져 나왔다.

"으허허어어엉!"

허공이 쩌렁쩌렁 울렸다.

전장에 가득하던 고함과 쇳소리가 한순간 뚝 끊겼다.

그만큼 어마어마한 사자후였다.

야월화가 숨을 죽이고 고개를 돌렸다. 선수를 빼앗긴 대산도 미간을 찌푸린 채 뒤를 보았다.

부상이 중할 터인데 이렇게 빨리 오다니.

믿기지 않는 일이었다. 무상은 지금 숨 쉬는 것조차 고통스러울 터인데.

어둠 속 저 멀리.

이십여 인마가 달려오고 있었다.

야월화는 입을 쩍 벌렸다.

달려오는 인마 중 한 사내가 그녀의 눈에 또렷하게 들어왔다.

상반신을 하얀 붕대로 친친 감은 팔 척 거구의 사내.

그녀의 입에서 놀라움 가득한 목소리가 낮게 흘러나왔다.

"사, 사형! 어떻게?"

그녀의 혼잣말이 끝나기 무섭게, 손거문의 공력이 가득 담긴 고함이 터졌다.

"나, 무상의 명이다! 전투를 중지하고 뒤로 물러나라!"

2

짧은 시간이지만 격렬한 싸움을 한, 피투성이의 모용린이 연신 숨을 몰아쉬다가 외쳤다.

"물러나세요. 모두 물러나세요!"

무상 손거문의 등장.

가뜩이나 승산이 없는 전투에 그의 등장은 최악을 알리

는 전주곡이나 다름없었다.

천마검에 의해 중상을 입었을 터인데, 생각보다 심각하지 않았단 말인가? 자신이 본 무상의 부상은 매우 심각하다고 여겨졌는데…….

의문은 또 있었다.

왜 지금에야 나타나 전투를 중지시킨 걸까?

힘을 과시한 다음에 협상을 하려는 것인가?

저들의 입장에서도 이 많은 백성들을 죽이는 것은 뒷감당이 어려울 테니까.

어쨌든 전투가 중단된 기회를 놓칠 수 없었다. 그녀는 민초들에게 물러나라 외치는 동시에 아직 뒤처져 있는 정파인들을 앞으로 불러들였다.

그런데 문제가 발생했다.

민초들이 호락호락 물러나지 않았다.

"싸울 것입니다!"

"복수를 해야 돼! 아루와 추막이의 복수를 하겠어! 흑흑."

민초들은 핏발이 성성한 눈빛으로 악을 써 댔다. 일부는 죽어간 벗들의 복수를 외치며 울었고, 그러면서 동시에 이를 갈았다.

결국 정파인들과 민초들은 뒤엉켜서 전면을 주시할 수

밖에 없었다. 분노에 눈이 뒤집힌, 통제되지 않는 민초들을 힘으로 누르려다가는 자칫 자신들마저 공격의 대상이 될 지경이었기에.

그만큼 분위기는 험악했다. 그리고 그 심상찮은 분위기 아래로 비장함과 슬픔이 흘렀다.

한편, 사파인들은 아주 천천히 물러났다.

물러나는 그들의 표정이 기괴했다.

치를 떨고 있었다.

당장에라도 다시 달려들 것 같은 얼굴이다.

만약 물러나란 명을 내린 사람이 존경해 마지않는 무상이 아니었다면, 그들은 결코 싸움을 멈추지 않았을 것이다.

그들도 악에 받쳐 있었다.

버러지라고 여기던 놈들에게 적지 않은 피해를 입은 것이 자존심에 큰 생채기를 낸 것이다.

물론 피해를 따지면 정파와 민초들이 몇 배 더 컸다. 하지만 힘없는 양민과 지쳐 있는 정파인들을 상대로 모욕을 당했다는 생각에 사파인들의 살기는 싸움 전보다 더 짙어진 상태였다.

다시 달려들더라도 전혀 이상하지 않은, 일촉즉발의 상황.

남궁수가 모용린 옆에 바투 붙어서는 낮게 말했다.

"빙봉, 어쩌면 이 싸움, 여기에서 중단될 수도 있을 것 같습니다."

모용린이 의아한 표정으로 남궁수를 보았다.

"왜 그렇게 생각하죠?"

"나는 무상, 그와 같은 전장에서 세 번이나 있었으니까요. 제 생각엔 저 사파인들, 무상의 명 없이 출진한 것 같습니다. 무상이라면…… 민초들을 공격하라는 명을 내릴 리가 없어요."

남궁수는 무상의 인물 됨됨이를 언급했다.

비록 적이나 존중할 만한 무인이란 뜻이다.

모용린은 입술을 깨물며 침묵했다. 확실히 작금의 상황을 보면 남궁수의 의견에도 일리가 있었다.

하지만 곧이곧대로 믿기도 어려웠다.

정말로 사파의 수뇌부가 무상의 명령 없이 출진했단 말인가?

야전에서 그런 일이 발생할 가능성은 매우 희박했다. 더구나 저 사파인들에게 무상은 신(神)과 같은 존재였기에 더더욱 그랬다.

모용린의 눈에 지금껏 움직이지 않던 일천여 녹림도가 들어왔다.

저들은 왜 전투에 나서지 않았을까?

그녀의 머릿속이 분주하게 움직였다.

그러자 확신할 수는 없지만, 가능성 높은 추정이 떠올랐다.

녹림은 아직 사오주와 완전한 신뢰를 구축하지 못한 상태일 것이다. 즉, 사파인들 사이에서 은밀한 경쟁이 일어나고 있다는 의미.

그렇다면 남궁수의 견해처럼, 무상이 중상을 입어 의식을 잃은 사이 사파의 수뇌부 간에 전공을 세우려는 움직임이 있었을 가능성도 농후했다.

그것을 뒤늦게 알게 된 무상이 진노해 뒤따라온 것일 테고.

그녀가 짧은 침묵을 깨고 말했다.

"일단 지켜보죠. 하지만 창천룡의 말이 맞았으면 싶네요."

그렇지 않으면 자신들은 모두 이곳에서 뼈를 묻어야 할 테니까. 그들의 나직한 대화를 들으며 다가온 개방주가 입을 열었다.

"내 생각은 다르다. 상황이 어찌 됐든 싸움은 다시 시작될 거야. 설사 무상의 허락 없이 몰래 출진했다고 하더라도."

"……."

"무상은 천마검과의 대결에서 그 위상에 상처를 입었다. 사파의 수뇌부들은…… 이번 기회에 무상에게 집중되어 있는 권력을 일부 나누고 싶을 거야. 그리고 지금 이 전투는 그러기에 아주 좋은 기회고."

"……."

"무상은 창천룡의 말마따나 보편적인 사파인들과 조금, 아니, 매우 다른 성정을 가지고 있다. 오히려 정파의 협객과 닮았다고 할까? 그런 무상으로 인해 사파인들, 특히 사파의 수뇌부들은 그들의 잔인한 욕망을 억눌러 온 상황. 불만이 팽배하지만, 무상의 압도적인 강함으로 인해 숨기고 있었다고 해야겠지."

정보를 다루는 개방의 수장이 한 말이니 믿을 만한 추론일 것이다.

"천마검에게 패하기 전의 무상이라면 모를까, 더더군다나 지금은 중상을 입은 상태지. 지금의 무상은 사파의 수뇌부들을 통제하기 어려울 거다. 수뇌부도 기왕 일을 벌였으니 선선히 물러나지 않을 테고."

물론 사파의 수뇌부도 민초들이 물러나지 않고 악착같이 달려든 것에 충격을 받았을 것이다. 그럼에도 불구하고 그들은 이번 기회에 무상으로부터 권력에 관한 최소한의 양보를 받아내고 싶을 거란 얘기였다.

고금 이래로 권력을 향한 기득권층의 욕망은 절대적이라고 할 만큼 강하고 질겼으니까.

모용린은 엷은 미소로 고개를 끄덕였다.

"저도 그렇게 생각해요. 하지만 남궁 소가주의 견해도 일리가 있어요. 그러니…… 지켜보죠."

야월화의 눈에 이슬이 맺혔다.

마침내 지척까지 다가와 하마하는 무상 손거문.

그의 얼굴은 식은땀으로 흥건했다. 상체를 두르고 있는 붕대 곳곳과 하의의 허벅지 부근엔 혈흔이 비쳤다.

의원이 말하길, 숨 쉬는 것도 고통스러울 것이라고 했다. 그런 사형이 이곳까지 말을 타고 달려왔으니 얼마나 끔찍한 통증에 시달렸을까.

그녀가 손거문에게 달려가며 외쳤다.

"사형! 괜찮으신 건가요? 어찌 그런 몸으로……."

그녀의 말은 손거문의 차가운 음성에 의해 끊겼다.

"사매, 한마디도 하지 마라."

야월화는 등줄기를 타고 오르는 오한에 부르르 떨었다. 사형과 함께한 삼십여 년에 가까운 세월.

그 긴 시간 동안 단 한 번도 들어본 적 없는 목소리였다. 마치 북해의 빙산처럼 차가웠다. 사형에게 이렇게 얼음장 같은 목소리가 있는 줄 처음 알았다.

그녀는 손거문이 자신의 옆을 지나갈 때까지 얼어붙어 손가락 하나도 움직일 수가 없었다.

숨조차 쉴 수가 없었다.

한기를 풀풀 날리며 사형이 지나가자 막혔던 기도가 열리며 일시에 숨이 터져 나왔다.

"하악, 하아아……."

팔에 소름이 돋아 있었다.

그녀도 잘 알고 있다.

사형의 명 없이 독단적으로 작전을 펼쳤으니 화가 날 수밖에 없다는 것을.

그럼에도 불구하고 그녀의 눈에선 기어코 눈물이 흘러나와 뺨을 적셨다.

그녀는 사파인들을 이끄는 책사였지만, 그 이전에 무상을 사랑하는 여인이기에 더 서러웠다. 머리로는 사형의 분노가 이해되면서도 가슴으로는 야속한 것이었다.

변명이라도 들어주길 바랐는데.

손거문은 운집해 있는 녹림도들을 훑고, 그 앞에 서 있는 대산 총표파자를 보았다.

대산이 가벼운 포권을 취하며 미소를 머금었다.

"쾌차까지 꽤 오래 걸릴 거라 들었는데, 과연 무상이시오."

손거문은 싸늘한 눈빛으로 대산을 보다가 뜻 모를 한숨을 뱉었다.

"녹림은…… 싸우지 않았군."

"내 적은 정파인들이지, 평범한 백성들이 아니니까."

"교활하군."

대산의 미간이 좁혀지며 눈썹이 꿈틀거렸다. 그러나 입가에 걸린 미소를 잃지 않고 대꾸했다.

"그렇게 볼 수도 있겠지. 싸우러 와서는 방관만 하고 있었으니."

"……."

"하지만 도망갈 것이라 예상한 민초들이 먼저 달려들었다. 정상이 아니란 뜻이지."

"……."

"하여 지켜보다가 나서서 싸움을 만류하려고 했다. 저 백성들을 다 죽인다면 그 후폭풍이 장난 아닐 테니까. 그렇게 적당한 시점에 끊으려던 참에……."

"내가 등장했단 말이오?"

"그렇지."

대산이 고개를 끄덕이며 답하고는 손거문의 뒤에 서 있

는 광혈창을 보며 말을 이었다.

"허허허, 자네가 우리 무상을 이곳까지 오게 한 장본인 이군."

광혈창은 고개를 숙이며 대꾸했다.

"죄송합니다."

대산은 노골적으로 혀를 찼다.

"쯧쯧쯧, 어이가 없다고 해야 하나. 너는 산 사나이가 아니었나?"

"아버지, 저는 우리 사파가 그른 길로 가는 것을 지켜볼 수만……."

"닥쳐라! 네 죄는 나중에 묻겠다."

손거문이 끼어들었다.

"광혈창이 그대의 부하라는 건 인정하오. 하지만 이번 일로 인해 광혈창에게 어떤 불이익이라도 가해진다면, 총 표파자께서 나를 무시하는 것이라 생각하겠소."

"무상! 이건 우리 녹림 내부의 문제다."

손거문이 고개를 저었다.

"이번 일은 사파 전체의 문제요."

"……."

"광혈창에 관한 얘기는 다음에 합시다. 일단…… 나는 광혈창을 나와 녹림의 가교 역할을 할 최고의 적임자라고 생각하오. 부디 지금 내가 한 말을 명심해 주길 바라오."

그는 그 말을 끝으로 멈췄던 걸음을 다시 앞으로 내디뎠다.

사파인들은 어느 정도 물러나다가 멈춰 서 있었다.

정파와 민초들을 바라보며 대치한 상태.

천응문주와 고음교주, 그리고 흑점도 장로가 손거문에게 다가왔다.

그 셋은 손거문의 핼쑥한 안색과 몰골을 보고는 한숨을 내쉬었다. 천응문주가 먼저 말했다.

"무상께서 그 몸으로 여기까지 오시다니……. 안타깝소. 그동안 무상께서 항상 선두에서 위험한 싸움을 했으니 이번에는 우리도 밥값을 하려고 했는데."

고음교주가 말을 받았다.

"무상의 허락도 없이 출진했으니 불쾌할 것이오. 그러나 상황이 급박하게 흘러가 어쩔 수 없었으니 양해해 주시오."

손거문은 담담한 어조로 대꾸했다.

"밥값이라고 하셨습니까? 힘없는 백성들을 죽이는 것이 밥값입니까?"

무덤덤한 음성이나 그 속에는 깊은 분노가 똬리를 틀고 있었다. 천응문주의 얼굴이 대번에 굳었다.

손거문은 고음교주를 향해 말을 이었다.

"상황이 급박해졌다고 하셨습니까? 상황이 어떻게 급박해졌습니까?"

고음교주가 살짝 이맛살을 찌푸린 채 답했다.

"저 무지렁이들이 삼만 명이나 모였소. 가만히 두면 오만, 십만…… 계속 늘어날 것이 자명한 상황에서 무상께서 의식을 차릴 때까지 기다리는 건, 사육주의 수뇌부로서 무책임한 것 아니겠소?"

흑점도 장로가 맞장구쳤다.

"고음교주의 말이 옳다네. 삼만 명인데도 겁을 상실하고 우리를 향해 달려들었지. 목을, 팔다리를 자르고 가슴을 찢어 심장을 꺼내 보여줬는데도…… 마치 실성한 것마냥, 마약이라도 한 것처럼 덤벼들었네. 저런 놈들이 십만 명이 넘어갈 때까지 방치한다면 우리도 승리를 장담할 수 없는 지경까지 몰릴 수……."

손거문이 흑점도 장로의 말을 끊었다.

"장로님."

"……?"

"그럼 처음부터 작정하고 저 삼만 명의 민초들을 다 죽이려고 한 겁니까?"

흑점도 장로가 당혹스런 표정을 지었다가 곧바로 대꾸

했다.

"그건 아니네. 초반에 겁을 주면 도망갈 거라고 생각했는데……. 어쨌든 저렇게 바득바득 덤비니 대가를 치르게 해줘야지. 우리 사육주를 얼마나 무시하면 저놈들이……."

손거문이 다시 말허리를 끊었다.

"장로님."

"……."

"그 입, 닥치세요."

"……!"

세 명의 수뇌부 표정이 동시에 일그러졌다.

고음교주가 헛기침을 했고, 천웅문주가 '쯧쯧' 혀를 찼다. 면전에서 모욕을 당한 흑점도 장로는 얼굴이 붉게 달아올라 몸을 부르르 떨기까지 했다.

흑점도 장로가 말했다.

"자네…… 흠흠, 돌아가서 쉬는 게 낫겠군. 무슨 식은 땀을 그리 흘리는 건가? 혈흔도 심상치 않아 보이는데, 무리하지 말고 돌아가게. 이번 일은 우리들이 알아서 할 테니까. 솔직히 그동안 자네 혼자 너무 많은 짐을 졌지. 앞으로는 그 책임을 우리들이 나눠서……."

말하는 내내 차가운 실소를 보이던 무상이 입을 열

었다.

"책임이 아니라 권력을 나누고 싶은 거겠지."

갑작스러운 하대.

흑점도의 붉은 얼굴이 더 시뻘겋게 달아올랐다. 너무 기가 막혀 대꾸조차 못하는 그에게 손거문이 말을 이었다.

"그리고 내가 경고했지. 입 닥치라고."

"무상! 아무리 자네가……."

콰직!

흑점도의 입에 무상의 커다란 주먹이 박혔다.

"컥!"

흑점도 장로가 비명을 지르며 뒤로 나가떨어졌다.

천응문주와 고음교주가 입을 쩍 벌리며 아연해했고, 야월화는 눈을 치켜뜬 채 얼어붙었다.

모든 사파인들이 자신의 눈을 의심했다.

대산 총표파자마저 멍한 표정을 지었으니, 사파인들이 받은 충격은 이루 말할 수가 없었다.

천응문주와 고음교주가 본능적으로 뒤로 몇 걸음 물러났다. 그들의 손이 옆구리에 걸린 칼의 손잡이에 닿았다.

손거문은 그런 두 수장을 싸늘하게 쏘아보며 말했다.

"칼을 뺀다면, 맹세코 당신들을 죽일 겁니다."

"……."

"내 몸이 이 지경이니 붙어볼 만하다고 여긴다면, 해보십시오."

식은땀을 줄줄 흘리는 손거문은 가슴을 펴고 발을 내디뎠다. 그러더니 두 수장 사이로 걸었다.

천응문주가 입술을 꾹 깨물었다가 말했다.

"무상, 무슨 오해가 있는 것 같은데……."

"입, 닥치세요."

"……."

손거문은 둘 사이를 천천히 지나갔다. 천응문주와 고음교주는 서로의 눈을 마주하다가 고개를 저으며 뒤로 물러났다.

그때, 기절한 듯이 쓰러져 있던 흑점도 장로가 손거문을 향해 벼락처럼 폭사했다. 가슴에 품고 있던 비수를 던지며.

야월화가 대경해 외쳤다.

"사형! 위험해요!"

그녀의 경고가 떨어지기 전에 이미 흑점도 장로가 던진 비수는 손거문의 지척에 다다랐다. 또한 흑점도 장로의 몸도 빛살처럼 접근했다.

텅!

소리는 나지 않았지만 왠지 그런 소리가 울리는 것 같

았다. 비수가 마치 보이지 않는 투명한 막에 의해 튕겨 나
가는 것처럼 보였기 때문이다.

호신강기.

비수가 맥없이 튕겨 나가자 몸을 날려오던 흑점도 장로
의 눈동자가 흔들렸다.

팅!

그가 쥔 검이 손거문의 가벼운 손짓에 비껴갔다. 그리
고 손거문의 손이 흑점도 장로의 멱을 움켜쥐었다.

"크억!"

손거문의 커다란 손은 흑점도 장로의 목을 완전히 휘어
감았다.

흑점도 장로는 입을 벌렸다. 무지막지한 악력에 의해
숨을 쉴 수가 없었다. 아니, 그전에 목뼈가 부러질 것 같
았다.

'미, 미안. 나도 모르게 흥분했다. 정말로 죽일 생각은
없었어.'

그렇게 말을 하고 싶었다. 하지만 숨 쉬는 것도 불가능
한 상태에서 말이 새어 나올 리 만무.

투투툭!

목뼈가 부러지는 소리가 허공을 섬뜩하게 울렸다. 버둥
거리던 흑점도 장로의 몸이 손거문의 손아귀 아래로 축

늘어졌다.

바늘 하나가 떨어져도 크게 울릴 것 같은 정적.

사파인들뿐만 아니라 정파인들과 민초들도 숨을 죽였다.

손거문은 흑점도 장로의 목을 잡고 있던 손을 풀었다. 그러고는 다시 앞으로 걸었다.

운집해 있는 사파인들이 주춤거리며 좌우로 갈라졌다. 손거문은 그 가운데로 트여진 길을 걸었다.

그리고 얼마 전까지 치열한 전투가 있던 곳에 섰다.

무수한 시체들이 널려 있었다.

머리가 으깨져 뇌수가 흘러나오는 시신들.

머리와 팔다리가 없이 몸뚱이만 남은 시체.

사파인들이 충돌 초반 잔인하게 죽인 민초들의 시신이 손거문을 먼저 맞이했다.

손거문은 입술을 꾹 깨물었다.

그리고 계속 주변을 눈에 담았다.

일각 반밖에 되지 않는 시간이지만, 그 짧은 시간에 일천이 넘는 백성들이 죽었다.

손거문은 부들부들 떨리는 손을 천천히 들었다. 그러고는 양손으로 자신의 머리를 움켜쥐었다.

한탄스런 목소리가 그의 잇새로 흘러나왔다.

"패왕의 별을 꿈꾸며 산 세월이 얼마인가. 차라리 죽는

것이 낫다고 생각될 만큼 고된 수련을 내가 어떻게 버텼
던가."

어려서부터 지금까지 지내온 순간들이 주마등처럼 흘러
갔다.

고개를 든 그의 눈에 찬란하게 빛나는 패왕의 별이 들
어왔다. 저 별을 볼 때마다 든 생각이 있었다.

손을 뻗으면 닿을 것 같다고.

그러나 이젠 잡을 수 없다.

나는 자격을 잃었으니까.

그래서일까?

저 별이 이 순간 너무나 까마득히 멀어 보였다.

천마검에게 패한 건 절치부심의 노력으로 다음에 갚아
주면 된다. 하지만 이건 돌이킬 수 없었다.

쿵!

그가 땅에 무릎을 꿇었다.

"내가 천하를 제패한다 한들 당대의 누가, 그리고 후세
의 누가 나를 패왕의 별이라 불러줄까. 덧없구나, 내 뜨거
웠던 청춘의 꿈이여."

그의 눈에서 굵은 눈물이 또르륵 흘렀다.

태어나 처음으로 흘리는 눈물이었다.

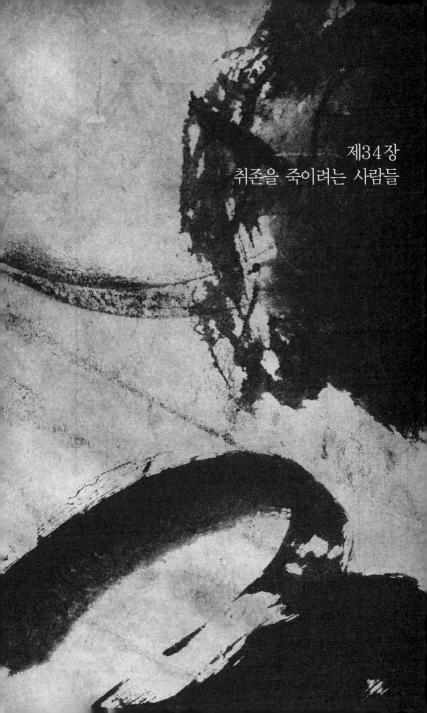

제34장
취준을 죽이려는 사람들

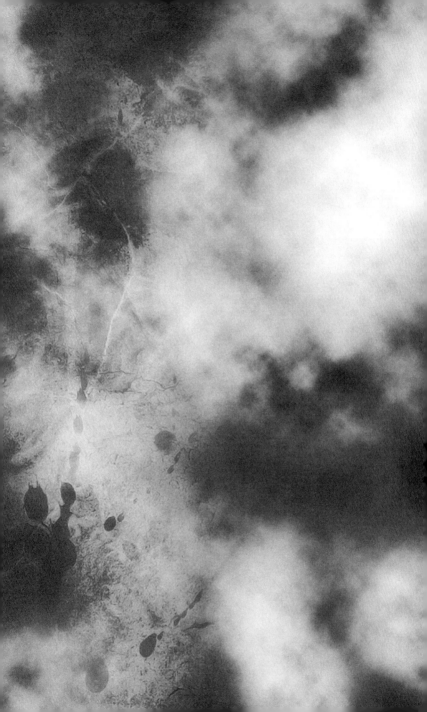

1

웅성대던 민초들마저 침묵에 빠져들었다.

방금 전까지 치열한 혈투가 벌어진 전장이라 생각되기 어려울 정도의 정적.

민초들도 본능적으로 깨달았다.

사자후를 터트리며 달려온 저 거구의 사내가 사파의 우두머리이며, 무시무시한 절대고수라고 소문난 무상 손거문임을.

그리고 무상의 선택에 따라 자신들 모두는 이곳에서 뼈를 묻을 수도 있음을.

접전 중에는 분노에 사로잡혀 두려움을 잊었다. 하지만 잠깐의 정적은 모두로 하여금 잔인한 현실로 돌아오게 만들었다.

동료를 잃은 슬픔과 분노가 곧 죽게 될지도 모른다는 두려움과 함께 교차했다.

민초들은 손에 쥐고 있는 보잘것없는 농기구나 돌멩이를 내려다보며 중얼거렸다.

"우리가 이길 수는 없겠지. 하지만 여기에서 도망칠 수는 없어."

"결국 다 죽고 말겠지. 하지만……."

"그래, 모두 죽어도…… 돌아갈 수는 없지."

"상관없어. 저놈들이 우리를 우습게 여기지 못하게 된다면 그것으로 족해."

옆의 동료들을 보았다. 그 동료들의 눈에 있는 분노와 슬픔, 그리고 두려움을 보았다.

서로 머뭇거리다가 씩 웃는다.

엷은 미소.

그렇게 그들은 전우가 되었다.

이 거친 세상에서 혼자가 아님을 깨달은 그들은 심호흡을 해 댔다. 어깨와 가슴을 폈다. 그러고는 다시 전면을 이글거리는 눈빛으로 바라보았다.

쿵!

다시 전의를 불태우던 민초들의 눈동자가 흔들렸다.

사파의 수장인 무상이 무릎 꿇은 상태에서 앞으로 머리를 숙인 것이다.

손거문의 이마가 땅과 부딪쳤고, 그가 버럭 외쳤다.

"우리가 졌소! 당신들의 승리를 인정하겠소! 나 무상 손거문의 이름으로 약속하건대, 우리는 항주의 땅을 다시는 밟지 않으리라!"

완전한 굴복의 선언.

모용린을 비롯한 정파인들과 민초들은 눈을 치켜뜬 채 입을 쩍 벌렸다.

믿기지 않는 현실.

갑자기 등장한 적장이 패배를 시인했다.

승리를 자축하는 함성이 터져야 할 상황이건만, 아무도 그러지 못했다. 너무나 비현실적인 장면.

어리둥절한 가운데 정적이 오히려 더 깊어졌다.

손거문은 고개를 들었고, 그 육중한 몸을 일으켰다. 그러더니 다시 힘주어 말했다.

"그대들의 용기에 경의를, 희생에 애도를 표하오."

그 말과 함께 돌아섰다.

이 모든 것을 지켜보던 사파인들은 황망한 얼굴이었다.

만약 지금 패배 선언을 한 인물이 무상이 아닌 다른 이였다면 당장 욕설을 내뱉고 치도곤을 쳤으리라.

무상은 자신에게 쏟아지는 사파인들의 사나운 시선을 받으며 천천히 걸었다.

평소 자신을 바라볼 때 느껴지던 존경이 아니라 적의가 넘쳤다.

사오주의 대표 문파인 천웅문, 사룡문, 흑호문, 흑살궁, 고음교의 수뇌부들이 분기탱천한 표정으로 무상을 막아섰다.

천웅문주가 먼저 입을 열었다.

"무상! 지금 무슨 짓을 한 것이오? 나는 도저히 내 눈과 귀를 믿을 수 없구려."

고음교주가 말을 받았다.

"아무리 무상이라고는 하나, 이번 결정은 받아들일 수 없소. 저놈들이 죽은 건 안타깝고, 우리 수하들이 죽은 건 아무렇지도 않소?"

반발이 계속됐다.

"우리 사파를 천하의 조롱거리로 만들려는 것이오?"

"무상, 다시 공격령을 내리세요! 물론 우리도 저 많은 민초들을 죽이고 싶지는 않아요. 하지만…… 안타깝게도 이젠 돌이킬 수 없는 것이외다. 우리가 여기서 물러난다면 저자의 삼척동자도 우리를 두려워하지 않을 거예요."

"부상이 아직 깊은 듯하니 이해하겠습니다. 돌아가서 쉬십시오. 이곳 일은 우리가 알아서 처리할 테니."

비난이 쉼 없이 쏟아졌다.

그 수뇌부 뒤로 합류한 야월화는 고개를 떨군 채 침묵했고, 대산 총표파자는 무슨 생각을 하는지 알 수 없는 표정으로 가만히 있었다.

손거문은 묵묵히 침묵하다가 손을 들었다. 그러자 사파의 수뇌부들 모두 입을 닫았다.

손거문이 말했다.

"내가 여러분에게 드리는, 처음이자 마지막 명령……아니, 부탁이 될 겁니다."

고음교주가 미간을 찌푸리며 입을 열려는데, 무상이 계속 말했다.

"우리 사육주가 천하를 제패한 후……."

그는 말꼬리를 흐리다가 나직한 한숨을 흘렸다. 하지만 뒷말을 기다리는 수뇌부들은 그 잠깐의 공백을 참지 못했다.

고음교주가 물었다.

"그 후에 뭘 어쩌겠다는 뜻이오?"

무상은 입술을 꾹 깨물었다가 피식 실소를 흘렸다.

"물러나겠소."

"……!"

"야인으로 돌아가 조용히 살겠소."

충격적인 선언에 수뇌부들은 눈을 껌벅거렸다. 그들의 두뇌가 분주하게 돌아갔다.

이내 수뇌부의 눈에 이채가 스쳤다. 그러더니 입꼬리가 씩 올라갔다.

무상에게 집중되어 있는 모든 권력을 자신들에게 이양하겠다는 뜻이 아닌가!

즉, 천하를 제패한 후에 무상의 눈치를 살피지 않아도 된다는 얘기였다.

야월화가 충격으로 몸을 부르르 떨다가 고개를 빳빳이 들고 외쳤다.

"마, 말도 안 돼요! 사형! 사형은 사오주 전대 수장들의 공동 전인이며, 우리 사파의 상징이자 최고수로서……."

그녀의 말을 손거문이 끊었다.

"사매, 한마디도 하지 말라고 했다."

"사형, 제발……."

"너마저 날 무시하는 것이 아니라면…… 아무 말도 하지 마라. 부디……."

창백해진 안색의 야월화는 움켜쥔 주먹을 떨었다.

사형이 자신을 바라보는 눈.

그 눈에 슬픔이 담겨 있었다. 만약 그 눈빛이 경멸이나 분노였다면 악착같이 반발했을 것이다. 그러나 손거문의 눈에 담긴 깊은 슬픔은 그녀의 목을 졸라 아무 말도 하지 못하게 만들었다.

수뇌부의 시선이 어지럽게 교차하며 고개를 끄덕이는 인원이 늘어났다. 무상의 의견을 수용하자는 뜻이었다.

다만, 천응문주만이 탐탁지 않은 표정으로 입을 열었다.

"야망을 내려놓는다면 과연 목표를 위해서 열심히……."

손거문은 짜증스러운 표정을 노골적으로 드러내며 말을 끊었다. 두통이 심해지고 있었다. 가슴이 뻐근하다 못해 참기 어려울 정도로 아팠다. 그의 얼굴과 몸은 식은땀으로 뒤범벅이 된 상태. 속히 돌아가 눕고 싶었다.

"나는 지금껏 해온 것처럼 계속해서 최선두에서 적과 싸울 것이오. 물론 이번엔 방심하다 천마검에게 당했지만, 여러분도 알고 있듯이 나는 그와 붙기 전부터 많은 정파인들을 상대하느라 지쳐 있었소."

"……."

"다시 붙는다면 결코 지지 않을 것이오. 나는…… 끝까지 나아갈 것이고, 그 끝에 있을 영광을 당신들에게 모두 양보할 것이오."

"……"

"지금 내가 한 부탁을 들어준다면."

잠깐의 침묵.

천응문주는 어깨를 으쓱거리며 중얼거리듯이 대꾸했다.

"무상께서 그렇게까지 나오신다면……. 뭐, 무상께서 지금껏 한 번도 약속을 지키지 않은 적이 없으니까."

그가 뒤로 한 걸음 물러섰다. 그러자 수뇌부들도 동의하는 기색으로 무상의 앞길을 열어주었다.

손거문은 그들을 보며 씁쓸한 미소를 지었다.

천마검의 말이 옳다는 것을 다시 한 번 뼈저리게 느꼈다.

천하를 상대하기 전에 집안 단속부터 해야 했거늘.

평소엔 든든한 동료이자 수하라고 여겼다. 그들의 잔인한 성정을 모르는 것은 아니지만, 차차 고쳐 나갈 수 있을 것이라 여겼다.

최우선 목표는 천하 제패였기에 괜한 분란을 만들지 않는 것이 낫다고 판단했다.

자신의 그런 유약한 생각이 결국 이런 사달을 만든 것

이니, 누구를 탓하겠는가.

문득 외로웠다.

무림서생 천류영이나 천마검 백운회에겐 목숨을 맡길 동지들이 숱하게 많았다.

그러나 자신은 이 꼴이 뭔가.

저들의 욕망을 노골적으로 막아서니 승냥이처럼 달려들었다.

과연 자신이 이들의 수장이 맞기는 한 건가?

하긴, 홀로 강함에 취해 주변을 돌아보지 못한 못난 자신이다. 그런 놈이 패왕의 별을 꿈꿨으니, 이 얼마나 웃긴 비극이며, 슬픈 희극인가.

"후후후, 후후후후……."

손거문은 웃으며 발을 내디뎠다. 그에게 길을 터주며 좌우로 갈라진 수뇌부들의 얼굴에 어린 탐욕.

속이 훤히 다 들여다보였다.

무림 일통 후에 휘두르게 될 권력의 맛에 몸이 후끈 달아오르고 있겠지.

그들 중 어느 누구도 몰락의 길로 들어서고 있는 자신을 향해 안타까운 표정을 짓는 이가 없었다.

"아……."

손거문은 나직이 신음하고 엷게 미소 지었다.

그래도 한 명 있었다.

사매.

문상 야월화가 소리도 없이 눈물을 펑펑 흘리고 있었다.

손거문은 그녀 옆에 멈춰 서서 조용히 내려다보았다.

야월화가 흐느끼며 조용히 그를 올려다보았다.

손거문은 슬픔에 젖은 그녀의 얼굴을 보며 피식 웃었다. 저 슬픔 속에서도 그녀의 눈은 여전히 이채를 뿌리고 있었다.

오랜 세월 곁에서 보아온 손거문은 지금 그녀가 무슨 생각을 하는지 알 수가 있었다.

훗날, 권력을 넘겨주지 않기 위해 어떻게 해야 할까 고민에 빠져 있는 것이다.

악녀(惡女)다.

그걸 알면서도 도무지 미워할 수가 없었다.

그녀가 악녀란 것을 알기 전에 사랑에 빠져 버렸으니까. 세상의 모든 것은 자신의 의지로 통제할 수 있건만, 그 사랑만큼은 어떻게 할 수가 없었다.

그녀가 울먹이며 나직하게 뇌까렸다.

"사형……"

손거문은 한숨을 내쉬며 고개를 들었다.

은하수 북쪽에서 찬란하게 빛나는 패왕의 별.

야망을 잃었다.

그는 고개를 내려 다시 야월화를 보았다.

사매는 훗날 자신이 모든 걸 내려놓았을 때, 함께 떠나자고 진심으로 부탁하면…… 과연 자신의 말을 들어줄까?

그러길 바란다.

사랑만큼은 잃고 싶지 않다. 하지만 그 가능성이 희박하다는 것을 손거문은 잘 알고 있었다.

그는 잠시 멈춘 걸음을 다시 내디뎠다.

무상 손거문을 필두로 사파인들이 어둠 속으로 천천히 물러갔다.

그리고 때늦은 승리의 함성이 민초들과 정파인들로부터 터져 나왔다.

                    *   *   *

다시 잠든 천류영은 이틀간 한 번도 깨어나지 않았다. 그렇게 이틀 만에 깨어난 천류영의 눈앞엔 여전히 독고설이 있었다.

그녀는 미안한 표정으로 들고 있던 그릇을 내려놓으며 물었다.

"저 때문에 깼죠?"

자고 있는 천류영의 입가에 미음을 흘려주고 있었던 것이다.

천류영은 그녀의 수척한 얼굴을 보며 안쓰러운 표정을 지었다가 입을 열었다.

"잠은 자고 있는 거지?"

독고설이 환하게 미소 지으며 고개를 끄덕였다.

"방금 전까지 계속 잤어요."

너무 빤한 거짓말. 그래서 더 미안하고 아팠다.

독고설은 천류영의 젖은 눈을 보고는, 그의 머리칼을 이마 뒤로 쓸어 넘기며 말을 이었다.

"이젠 슬픈 생각 하지 말아요. 독수 어르신부터 모든 분들이 다 원하지 않을 거예요."

"그래…… 그래야지. 내가 더 힘내야지."

독고설의 미소가 짙어졌다.

"예, 바로 그거예요."

"내가 얼마나 잔 거지?"

독고설은 어깨를 으쓱하고 대답하지 않았다. 천류영은 그녀의 반응에 한숨을 뱉었다.

"후우우, 많이 잤구나. 빨리 돌아가야……."

독고설이 고개를 저으며 그의 말허리를 끊었다.

"다른 사람들도 모두 지쳐 있던 터라 휴식이 필요했어요. 부상자들도 적지 않고……. 하유 부주도 사흘은 이곳에서 더 머물러야 한다고 얘기했고요."

천류영은 쓸쓸한 낯빛으로 고개를 주억거리고는 잠시 생각에 빠졌다. 그 표정을 본 독고설이 어깨를 축 늘어뜨리며 말했다.

"아무 생각도 안 하면 안 돼요? 무림서생이 없어도 세상은 알아서 돌아가요."

힐난하는 말이지만, 걱정하는 마음이 뚝뚝 묻어났다.

"설아……."

"예, 알아요. 이런 내가 아주 이기적이란 거. 돌아가신 분들의 희생을 생각하면, 또한 세상의 많은 분들이 당신을 기다리고 있다는 거…… 잘 알고 있어요. 하지만…… 하지만 나는……."

그녀는 말꼬리를 흐리더니 고개를 푹 숙였다. 차마 천류영을 마주 보며 말할 자신이 없던 것이다. 그렇지만 용기를 내 말을 이었다.

"천하인 모두가 날 이기적이라고 욕하고 손가락질해도 상관없어요. 나는…… 천 공자와 도망가고 싶어요. 아무도 모르는 곳에서 숨어 살고 싶어요."

"……."

"한 번만, 단 한 번만 더 당신이 이렇게 된다면…… 난 버틸 자신이 없어요. 말로는 당신이 하고 싶은 일 다 하라고 떠들어 대지만…… 그럴 때마다 내 속은 문드러져요. 당신의 길이 얼마나 고통스러운지 너무 잘 알고 있으니까."

그녀의 어깨가 들썩였다. 천류영은 손을 뻗어 그녀의 어깨를 쓰다듬었다.

"난 괜찮아."

독고설은 이를 악물었다.

"제가 말했죠? 그 말이 제일 싫다고."

"너도 알잖아. 돌아가기엔 너무 멀리 왔다는 것을. 그러기엔…… 돌아가신 분들의 무게가 너무 커. 그걸 외면할 수는 없잖아."

잠시간의 침묵.

독고설이 고개를 들었다. 그녀는 눈물을 손등으로 훔치고는 씩 웃었다.

"어차피 안 될 거 알면서도, 그냥 하소연 한 번 해본 거니까 괘념치 말아요. 호호호, 그래도 벼르던 말을 하고 나니 속은 시원하네요."

"……."

"좋아요. 궁금한 게 뭐예요?"

"내가 없는 동안에 일어났던 일 모두."

"당연히 그렇겠죠."

독고설은 천류영이 어쩔 수 없이 휴식을 미루고 다시 생각에 골몰하게 될 것임을 알면서도 원하는 것을 얘기해 줄 수밖에 없었다.

긴 얘기가 진행되는 동안 천류영은 한 번도 입을 열지 않았다. 그건 독고설이 모든 얘기를 마치고 나서도 마찬가지였다.

독고설은 그런 천류영을 보다가 고개를 절레절레 젓고는 말했다.

"방 대협이나 풍운도 봐야죠. 천 공자를 보고 싶어 하는 사람들이 한 가득인데, 그동안 절대 안정해야 한다는 핑계로 제가 독점하고 있었는데…… 호호호, 조금 아쉽네요. 어쨌든 금방 불러올게요. 겸사겸사 하유 부주도 데려오고요."

"그래, 부탁해."

천류영은 한 손으로 턱을 괸 채 대꾸했다.

독고설은 자신을 쳐다보지도 않고 생각에 골몰하는 천류영이 약간 야속하다는 생각도 들었지만 이내 '어쩔 수 없지' 하며 내실을 나섰다.

금방 돌아올 것 같던 그녀는 이각이나 지나서야 돌아

왔다.

하유 부주뿐만 아니라 팽우종과 조전후, 독고포 검풍대
주, 서언 주작단주, 원풍 백호 부단주도 함께였다.

모두가 안색이 창백하고 당혹스러운 표정.

천류영은 그들을 보며 해후의 인사를 나누기도 전에 탄
식했다.

"낭왕, 풍운. 떠났구나."

2

독고설은 입을 열려다가 천류영의 탄식에 흠칫했다.

"낭왕과 풍운이 사라질 것을 예상했어요?"

천류영은 고개를 저으며 답했다.

"이곳에 모인 사람들의 표정을 보고 알았어."

조전후가 천류영 가까이 다가와 서찰을 넘겨주었다.

"천 공자, 자네가 쾌차해서 너무 기쁘고 또 반가운
데…… 혹시 방 대협과 풍운이 왜 사라졌는지 알겠나? 이
서찰엔 항주가 걱정되어 먼저 움직인다고 써놨는데……
이게 말이 안 되잖아. 지금 가봐야 싸움은 예전에 끝났을
거고."

천류영은 서찰을 건성으로 훑고는 침상 밖으로 다리를

내려놓으며 일어섰다. 독고설이 놀라 만류하려고 했지만, 하유가 이젠 괜찮다고 말했다.

천류영은 자신을 보는 사람들을 훑으며 물었다.

"전서구가 남아 있습니까?"

팽우종이 먼저 답했다.

"몇 마리가 있소. 그런데 그 비둘기들이 향하는 목적지를 모르겠는데……."

"아…… 그렇군요. 뭐, 상관없습니다."

일어섰던 천류영이 침상에 걸터앉으며 고개를 절레절레 저었다. 갑자기 몸을 움직이니 현기증이 살짝 인 것이다. 몸은 여전히 가볍게 느껴졌다. 또한 단전에선 묵직한 힘이 감돌고 있었다.

그럼에도 육체는 아직 시간이 필요하다고 말하고 있다.

낭왕이 말도 없이 먼저 떠나 섭섭함을 느끼고 있던 백호 부단주 원풍이 입을 열었다.

"천 공자, 혹시 우리 단주님과 풍운 소협이 어디로 간 건지 짐작되는 거라도 있으십니까?"

천류영이 한숨을 내쉬었다.

"두 사람은…… 제 복수를 하러 간 겁니다. 취존을 잡으려고."

"……!"

"취존이 정파의 수뇌부에 공식적으로 자리를 잡게 되면, 그를 상대하기 더 어렵다고 판단한 것이지요. 그러니 그전에 해치우려고 서둘러 떠난 겁니다."

내실 안에 있던 사람들이 모두 얼어붙었다.

일존을 죽이기 위해 어떤 고생을 했는지, 이곳에 있는 사람들은 모두가 잘 알고 있었다. 그런 일존과 맞먹는 강자인 취존을 상대하려고 풍운과 낭왕, 달랑 두 사람만 움직였다고?

아무리 생각해도 무리고, 불가능한 일이다.

모두의 머릿속에 풍운과 낭왕이 처참하게 죽는 모습이 떠올랐다. 그 생각만으로 많은 이들은 몸을 한차례 부르르 떨어야 했다.

원풍이 파랗게 질린 얼굴로 천류영에게 부탁했다.

"천 공자, 우리 단주님을 살려주십시오."

독고설이나 조전후도 괴로운 얼굴로 '위험해, 이건 정말 위험해'라고 중얼거렸다. 모두가 그렇게 급박한 표정으로 천류영을 보았다.

그 광경을 보던 하유는 입술을 깨물었다.

심각한 상황인데 실소가 나올 뻔한 것이다.

아무리 무림서생이라고 해도 이런 상황에서 뭘 어떻게 할 수 있단 말인가.

풍운과 낭왕은 떠났고, 그들을 따라잡을 수 있는 사람은 없다. 또한 그들에게 연락할 방법도 없고.

하유는 '그래도 이 사람들이 정파에서 유명한 인물들로 알고 있는데, 갑자기 단체로 멍청해졌나?' 라는 생각마저 들었다.

독고포가 하유가 생각하고 있는 것을 말했다.

"천 공자, 그들에게 연락할 방법도 쉽지 않거니와, 어떻게 연락을 취한다 해도…… 작심하고 떠났으니 돌아올 것 같지 않군요."

방금 천류영이 전서구를 언급한 것을 떠올리며 의견을 개진한 것이다.

천류영이 하오문이나 지인에게 연락해 낭왕과 풍운을 막아달라고 부탁할 것이라 판단한 것이다.

하지만 의아했다.

이곳에 남아 있는 전서구가 어디로 향하는지 알 수 없지 않은가. 설사 운이 좋아 연락이 닿더라도 그들은 돌아올 리 만무하고.

천류영이 귀밑머리를 긁적거리며 대꾸했다.

"그래서 안타까운 겁니다. 아무리 서둘러도 헛걸음만 할 테니까."

"……?"

모두가 서로를 바라보며 의아한 표정을 지었다.

팽우종이 물었다.

"헛걸음이라 했소?"

천류영이 피식 웃고는 고개를 끄덕였다.

"취존은 무당산에 있는 정파와 합류할 수 없어요. 물론 그는 그곳에서 마교와의 일전에 힘을 보태 영웅으로 등극하고 싶겠지만…… 그건 그의 바람일 뿐이지요."

조전후가 고개를 갸웃거리며 말했다.

"내 생각엔…… 취존이 일존만큼 강하다면, 정파의 영웅으로 떠오를 수 있을 것 같은데?"

그는 그렇게 의문형으로 말을 끝냈다가 곧바로 히죽 웃으며 말을 이었다.

"뭐, 천 공자가 취존은 안 된다고 하면 안 되는 거겠지."

그의 말에 몇몇이 여전히 의아한 표정이면서도 고개를 끄덕이며 동의했다. 그 광경에 하유는 다시 한 번 웃음을 뱉을 뻔했다.

'뭐지? 이 사람들…… 광신도 같잖아? 무림서생이 그렇다고 말하면 사실이 되는 거야?'

어이가 없었다.

원풍 부단주가 근심스러운 기색으로 조심스럽게 입을

열었다.

"천 공자의 생각에 딴죽을 걸려는 건 아닙니다. 그런데…… 취존이 왜 정파에 합류할 수 없습니까?"

천류영은 별것 아니라는 듯이 말했다.

"제가 의식을 잃기 전에 일존에게 전서구를 하나 보내라고 했습니다. 사존과 오존에게요."

"……?"

"취존이 그들을 제거하고, 정파에서 신뢰를 잃은 십천백지의 위상을 다시 세우려 한다는 내용이었지요."

잠깐의 침묵.

독고설이 눈을 빛내며 감탄했다.

"맙소사! 읍참마속, 차도살인지계군요!"

팽우종과 몇몇이 거의 동시에 고개를 끄덕이며 천류영을 향해 혀를 내둘렀다.

그렇게 고문을 당하고 있으면서도 그들을 분열시키고 있었다는 말이 아닌가!

보고 있던 하유의 얼굴에서도 웃음기가 사라졌다.

천류영이 담담한 어조로 계속 말했다.

"사존과 오존에게 어서 그곳에서 빠져나와 일존과 합류해야 한다고 쓰라 했고, 일존은 그렇게 썼지요."

팽우종이 다시 고개를 갸웃거렸다.

"그럼 사존과 오존은 정파인들 무리에서 몰래 빠지겠군요. 그런데 왜 취존이 정파에 합류하지 못합니까?"

천류영은 어깨를 으쓱하고 소리 없이 웃다가 반문했다.

"사존과 오존이 과연 그곳을 떠나겠습니까?"

"……!"

천류영은 고개를 저었다.

"사존과 오존 입장에서 생각해 보면 됩니다. 물론 그들도 처음엔 탈출할 생각을 했겠지요. 하지만 으레 권력자들이 그렇듯, 권좌에서 도망치듯 내려오면 다시 그 자리로 올라가는 것은 불가능하다는 것을 깨닫게 될 겁니다. 특히 취존을 상대론 말이지요."

"……."

"또한 일존과 힘을 합치는 것도 껄끄럽다는 생각을 할 겁니다. 일존에게도 무슨 꿍꿍이가 있을지 모른다는 의심을 할 테니까요."

하유도 고개를 끄덕였다.

권력자란 자신의 입지를 위험하게 할 수 있는 것은 모두 의심하는 족속들이니까.

천류영은 자신을 바라보는 이들과 눈을 마주치며 말을 이었다.

"그럼 그들은 어떤 결정을 내리게 될까요? 그들에게 어떤 것이 최선의 선택이 될까요?"

하유가 자신도 모르게 손을 들며 입을 열었다.

"잠깐의 자존심을 버리고 사과하지 않을까요? 정파인
들에게."

모두가 가장 뒤에 있던 하유를 돌아보았다가 고개를 끄
덕이며 다시 천류영을 보았다.

독고설이 하유의 말을 받았다.

"맞아요. 사오주와의 전투에서 도망친 것을 정파인들
앞에서 공개적으로 사과하겠네요. 마교와의 전투에서 최
선을 다하겠다면서. 그렇다면…… 마교와의 일전을 앞둔
정파인들 입장에선 사존과 오존을 내치기 어렵겠죠."

천류영이 침상에서 일어서며 고개를 끄덕였다.

"예, 그렇게 할 겁니다. 동시에 저를 들먹일 겁니다.
정파의 사군사인 무림서생을 납치한 인물이 취존이라고."

조전후가 손바닥으로 제 이마를 탁, 치며 웃었다.

"크허허, 그럼 취존은 졸지에 무림공적, 아니, 그것까
지는 아니고 정파의 적이 되겠군."

천류영이 바로 대꾸했다.

"예. 취존은 정파를 도우러 갔다가 그들과 싸우고 물러
나게 될 겁니다. 그러니 낭왕 대협과 풍운이 무당산으로
가더라도 취존을 만날 수는 없지요."

원풍이 안도의 한숨을 뱉으며 미소를 머금었다.

"무당산까지 헛걸음만 하겠군요."

천류영이 고개를 저었다.

"그전에 소문이 나겠지요. 그러니 결국 우리와 항주에서 만나게 될 겁니다."

사람들이 입술을 꾹 깨물고 웃음을 참았다. 비장한 결심을 하고 길을 떠났을 낭왕과 풍운이 허탈한 표정으로 돌아올 것을 생각하니, 자꾸 웃음이 피식피식 새어 나오려고 했다.

그러다가 천류영의 얼굴을 보자 모두 한숨을 삼키고 고개를 절레절레 저었다.

역시 무림서생 천류영이라고 해야 할까.

홀로 납치되어 고문을 받는 와중에도 천하에 큰 흐름을 쥐락펴락하는 인간이라니.

눈으로 보면서도 믿기지 않았다. 자신들이 천류영을 이곳에서 처음 보았을 때, 모진 고문에 시달린 그의 육체를 생각하면 불가능한 일이었다.

그저 하루하루 버티는 것만으로도 벅찼을 텐데.

하유가 천류영을 뚫어지게 보며 말했다.

"왜 많은 사람들이 무림서생, 무림서생하는지 조금은 들여다본 기분이네요."

독고설을 비롯한 정파인들은 괜히 우쭐한 마음이 들어 가슴을 폈다. 하유가 그 모습에 다시 새어 나오려는 웃음을 참고 물었다.

"그렇다면 전서구는 필요 없지 않나요? 아까 전서구를 찾은 이유가……."

천류영은 별것 아니라는 듯, 여상스럽게 답했다.

"취존이 절 납치했다는 것을 써서 보내려고 그랬습니다. 그 전서구의 목적지가 어디든, 여러 곳에 퍼지면 소문도 빨리 날 테고, 그럼 낭왕 대협과 풍운도 사정을 간파하고 빨리 돌아올 테니까요."

"아…… 그렇군요."

"예, 여기 계신 분들처럼 그 두 사람도 빨리 보고 싶거든요. 그동안…… 많이 보고 싶었습니다."

천류영은 그 말을 끝내기 무섭게 근처의 조전후를 안았다. 그렇게 한 사람, 한 사람을 다 안으며 늦은 해후의 기쁨을 나눴다. 하유에게는 정중한 포권으로 대신했고.

독고설이 입술을 삐죽 내밀며 말했다.

"저는 안 안아줘요?"

독고설의 말에 폭소가 터졌고, 천류영만 당황했다.

"너, 너와는 며칠간 계속 같이 있었으니까."

그러자 독고설이 음흉하게 웃으며 도끼눈을 떴다.

"흥, 그렇다면 제가 안으면 되죠."

그러면서 그녀가 천류영을 덥석 안자 천류영의 얼굴이 붉게 달아올랐고, 사람들은 박수까지 쳤다.

천류영은 당황하며 포옹을 풀려고 했지만, 독고설은 꼭 끌어안은 채 놓지 않았다. 그 모습에 사람들의 웃음소리가 더 커졌다.

천류영은 이맛살을 찌푸리며 독고설이 왜 이러나 하다가 이내 그 이유를 깨달았다.

많은 사람들이 죽었다.

그리고 죽음 앞에 놓인 항주에 동료들을 두고 떠나왔다.

미안함, 그리고 죄책감과 슬픔이 이 사람들을 짓누르고 있던 것이다. 그리고 그건 자신도 마찬가지였다.

그걸 이렇게나마 잠시라도 잊고 싶은 것이었다.

천류영은 고개를 끄덕이며 독고설의 등을 부드럽게 두드렸다.

"고마워. 그리고 고생했어."

독고설과 사람들이 푸근한 미소를 지었다. 묘한 한숨을 쉬면서.

조전후가 불쑥 입을 열었다.

"그런데…… 우리 항주로 돌아가도 되는 건가?"

마치 금기어를 말한 듯 사람들의 얼굴에서 미소가 사라졌다. 독고설도 그제야 포옹을 풀고 얼굴을 굳혔다.

천류영이 모두를 일견하며 말했다.

"괜찮을 겁니다."

"……."

"제가 아는 천마검이라면…… 무상에게 당할 리가 없어요. 물론 무상도 강하지만."

팽우종이 근심스러운 기색으로 말을 받았다.

"아무리 천마검이라도 힘들 거요. 무상은 스스로를 마음껏 드러낼 수 있겠지만, 천마검은 그러기엔 제약이 많으니까."

천류영이 씩 웃고 고개를 저었다.

"천마검 형님, 흠흠, 천마검은……."

천류영은 이곳에 모인 사람들이 아주 가까운 측근들이지만, 그럼에도 마교의 천마검을 불편해하는 사람들이 있을까 싶어서 '형님'이란 호칭을 정정했다.

정파에서 태어나 자란 무림인들이 마교의 인물에게 쉽게 마음을 열기는 어려우니까.

그러자 조전후가 주변 이들을 훑으며 말했다.

"그냥 편하게 말해도 상관없지 않나? 이번에 천마검, 그의 도움이 없었다면 이렇게 구출대를 조직하는 일부터 어려웠을 테니까. 우리 모두 그에게 고마움을 느끼고 있으니."

팽우종이 말했다.

"더구나 이번에 일존을 해치우는 과정에서 우리는 천랑대의 조장인 귀혼창에게 큰 빚을 졌소. 그러니 천마검과 그와 관련된 사람들에게는 호감을 가지고 있소. 아! 물론 우리들이 아닌 다른 정파인들 앞에서는 말조심을 해야겠지만 말이오."

모두가 고개를 끄덕이며 동의했다. 그 반응에 이번엔 하유가 괜히 우쭐한 기분이 들어 가슴을 폈다.

어쨌거나 그녀는 천마검, 그리고 그의 사람들과 생사고락을 함께했으니까. 그리고 그녀는…… 천마검을 사모했으니.

천류영이 사람들의 의견을 받아들여 말했다.

"천마검 형님은 스스로의 존재를 드러낼 겁니다. 그럴 수밖에 없어요. 무상은 진신 실력을 숨겨도 될 만큼 만만한 상대가 아니니까요."

그는 예전, 사오주의 항주 지부에서 천마검과 무상이 팔씨름 하던 때를 떠올렸다.

물론 단순한 팔씨름에 불과했지만, 그것만으로도 둘의 기세를 충분히 느낄 수 있었다. 전력을 다하지 않으면 안 될 상대라는 것을.

독고설이 고개를 갸웃거렸다.

"음, 일리가 있긴 한데, 과연 정파인들 속에서 자신의 정체를 드러낼까요? 천마검도 자신의 정체가 드러나는 것을 꺼려하는 분위기였는데."

천류영이 소리 없이 웃으며 고개를 저었다.

"일부러 그렇게 말한 거죠. 정체를 드러내겠다고 미리 말하면 빙봉이나 정파 입장에서 받아들이기 어려울 테니까."

모두가 눈을 치켜떴다.

천마검은 처음부터 자신을 드러낼 의도를 가지고 있었다고?

천류영의 말이 이어졌다.

"그 형님은 패왕의 별을 꿈꾸는 사람이에요. 패왕의 별이 되는 과정뿐만 아니라 된 이후까지. 뭐, 너무 계산적이지 않느냐는 생각도 들 수 있겠지만, 천마검 형님의 계산엔 진심이 깔려 있어요. 그러니 좁게 보면 서운할 수도 있겠지만, 크게 보면 고맙죠. 그리고 왕좌를 꿈꾸는 사람이라면 그런 계산도 반드시 필요한 법이구요."

"……."

"정파인들과 세상 사람들에게 자신의 존재와 자신이 꿈

꾸는 가치관을 설파하기에 그만한 무대는 없어요."

몇몇이 '허!' 하는 탄성 혹은 탄식을 흘렸다.

천류영은 그런 그들의 반응을 보며 강조했다.

"장담하건대, 섬마검 관태랑도 참전했을 겁니다. 물론 그도 정체를 숨겼거나, 숨겨 달라고 부탁했겠지만…… 하지만 그런 게 숨긴다고 숨겨지는 것은 아니죠."

"……."

"문제는 정파의 인원이 사육주에 비해 태부족이라는 겁니다. 천마검 형님이 무상을 꺾어도 거기까지예요. 더 이상 간섭하면 정파를 무시하게 되는 것이니……."

천류영은 말을 끊고 손가락으로 자신의 입술을 톡톡, 건드렸다.

조전후가 궁금증을 참지 못하고 물었다.

"무상은 꺾을 수 있어도 결국 전투는 질 거란 말인가?"

천류영이 고개를 끄덕였다.

"예, 그럴 거예요."

원풍이 질문에 가세했다.

"아까 한 말과 다르지 않습니까? 천 공자께서는 항주로 가자고 하셨는데, 사파인들이 이겼다면……."

묻는 그뿐만 아니라 사람들의 안색이 침중했다. 결국 패배했을 거라는 천류영의 예상 때문이었다.

그 모습에 하유는 다시 고개를 절레절레 흔들었다.

아까도 그랬지만, 이 사람들…… 천류영의 말이라면 무조건 믿을 준비가 되어 있는 광신도 같았다.

문제는…… 자신도 그의 말에 빨려들고 있다는 점이었다. 특히나 천마검의 의도를 말할 때에는 팔에 소름마저 돋아나 버렸다.

천류영은 손가락으로 턱을 두드리다가 말했다.

"백성들이 개입할 공산이 적지 않아요."

"……!"

"모든 결심, 모든 행위에서 가장 중요한 건 처음이라는 것은 다들 아실 거예요. 절강성, 특히 항주와 그 근방의 백성들은 부정한 폭력 앞에 궐기를 해본 경험이 최근에 있어요. 그리고 그 시도는 성공했고 말입니다."

독고설이 자랑스러워하며 미소로 말을 받았다.

"무림서생 천류영을 구하기 위해서였죠."

천류영은 그녀를 흘낏 보며 고개를 절레절레 젓다가 담담하게 말을 이었다.

"분명 그들 중 혈기방장한 민초들이 움직였을 가능성이 매우 높습니다. 제가 죽었다고 생각한 이들 중 일부는 그 슬픔을 지우려고 나섰을 테고요. 그렇게 극소수만 나서면 적지 않은 이들이 동조할 상황이 갖춰져 있는 곳이 바로 항주지요."

"……."

"그 와중에 첫 번째 전투에서 천마검의 도움이 있었겠지만, 승전보가 전해지면…… 그게 도화선이 될 겁니다. 숨죽이고 지켜보던 이들까지 합류하게 될 거예요."

"……."

"그리고 내가 아는 무상이라면…… 돌아갈 겁니다. 그는 결코 무고한 민초들을 학살할 사람이 아니니까요."

독고설이 물었다.

"천마검이 무상을 죽였다면요?"

천류영이 빙그레 웃었다.

"무상이 죽었다면 사오주는 당분간 전투를 할 수가 없어요. 격렬한 내부 권력 다툼에 들어갈 테니까. 녹림이 끼어 있으니 더할 겁니다."

"아아, 그렇겠네요."

내실의 모든 이들의 표정이 밝아졌다. 계속 항주의 전투가 걱정되던 참이었으니까.

물론 사람들의 표정 변화에 하유는 또 신기해하면서도 천류영의 예상이 맞을 것 같다는 생각에 소름이 돋았다.

'대체 이 사람은 뭐지? 지독한 고문의 후유증으로 제정신을 유지하기도 힘들 텐데.'

그녀는 천마검이 측근과 있을 때 했던 말이 떠올랐다. 자신의 진정한 적수는 무림서생 천류영뿐이라고.

그때 그녀는 속으로 코웃음을 쳤다. 고작 머리를 굴리는 서생이 어떻게 천마검의 호적수가 될 수 있단 말인가.

물론 그의 두뇌가 비상하다는 것은 소문으로 충분히 들어 알고 있었다. 하지만 무림이란 세계에서 가장 중요한 것은 힘이었다. 무력을 갖추지 못하면 그 어떤 꿈이나 바람도 허망하단 것을 화선부는 누구보다 잘 알고 있었다.

그렇기에 지금 그녀는 눈앞의 천류영이 신선한 놀라움을 넘어 충격으로 다가들고 있었다.

천류영은 어깨를 으쓱하며 말했다.

"뭐, 제 추정일 뿐입니다. 이곳, 십만대산을 벗어나면 소문으로 그간의 사정을 파악할 수 있겠지요."

독고설이 입술을 꾹 깨물었다가 물었다.

"향후 천 공자의 행보는…… 어떻게 되는 거죠?"

그 물음이 떨어지기 무섭게 내실이 조용해졌다.

가장 중요한 질문.

천류영은 담담하게 답했다.

"우선 천마검 형님에게 진 빚을 갚아야죠."

"……?"

"마교주 뇌황이 이끄는 마교를 정리하고, 그다음엔 사

육주."

"……."

"배교에 관한 정보가 있으면 그쪽도 쳐야죠."

모두가 '그렇군'이란 표정으로 고개를 연신 끄덕였다.
다만, 하유만 입을 쩍 벌린 채 다물지 못했다.

그리 엄청난 말을 저렇게 담담하게 말하는 천류영이나,
그것을 전혀 이상하게 여기지 않는 이 사람들이나.

'이 사람들, 모두 미친 건가? 아니면 나 혼자 미친 거
야?'

3

"고맙네."

낭왕 방야철의 말에 풍운이 손사래를 쳤다.

"에이, 방 대협. 우리 사이에 무슨 그런 말을 해요?"

"그래도…… 자칫 목숨을 잃을 수도 있는 일인데 흔쾌
히 수락해 줘서 진심으로 고맙게 생각하고 있네. 어르신
도 편찮은 마당에."

방야철은 고마움과 미안함이 교차하는 표정으로 어렵게
말을 꺼냈다. 풍운의 할아버지가 위독한 상황을 넘기자
풍운은 곧바로 방야철을 따라 나섰다.

결코 쉽지 않은 결단이었다. 풍운도 몸 여기저기에 부상을 입은 상황이니 더더욱 그랬다.

그래서 고맙고 미안하다는 말조차 꺼내기가 어려웠는데, 언제까지 감정을 숨기고 있을 수만은 없었다.

풍운은 바위에 등을 기대며 십만대산의 봉우리들을 보며 싱긋 미소 지었다.

"저야말로 고마워요. 목숨을 건 위험한 싸움에 제게 동행하자고 해서요."

"……."

"그만큼 저를 믿는다는 뜻이잖아요."

"……."

"그리고 저 역시 방 대협처럼 복수를 생각하고 있었어요. 정말이지 천류영 형님 마주쳤을 때, 어휴, 진짜! 가슴속의 천불이 머리 꼭대기까지 치솟는데, 그걸 어떻게 다말로 표현할 수 있겠어요. 그래도 천류영 형님의 공식적인 호위는 저잖아요. 그런데……."

풍운은 아차 싶었다. 어쨌든 천류영이 납치됐을 때의 호위는 낭왕이었으니까.

풍운의 표정 변화를 본 방야철이 고소를 삼키며 입을 열었다.

"나는 괜찮네. 입이 열 개라도 할 말이 없지."

"아뇨, 죄송해요. 솔직히…… 그때 제가 방 대협 대신 거기 있었어도 결과는 변하지 않았을 거예요. 그리고 보지 않아도 다 알아요. 방 대협은 천류영 형님을 지키기 위해서 목숨을 걸고 최선을 다했을 거란 거."

어설픈 위로에 방야철의 쓴웃음이 짙어졌다.

풍운은 고개를 숙이고 입맛을 다시다가 말을 이었다.

"하여튼 취존, 그놈 반드시 잡죠."

"그래야지."

둘은 자리에서 일어나 엉덩이를 털며 심호흡을 했다.

결국 헛걸음이 될 것을 예상 못한 그들은 다시 무시무시한 속도의 경공을 펼치며 산을 질주했다.

＊　　　　＊　　　　＊

사흘 뒤.

천류영과 그 일행도 이동을 시작했다.

하유는 아직 몸 상태가 좋지 않은 부상자들이 적지 않다고 하루만 더 쉬자고 주장했다.

하지만 정작 부상자들이 더 이동하자고 난리를 쳐 댔다. 또한 부상을 입지 않고 충분한 휴식을 취한 무사들이 그들을 책임지고 도와주기로 하면서 결정은 쉽게 났다.

하유는 천류영과 개인적으로 말을 섞고 싶었다.

천마검이 인정하는 그에 대한 호기심, 또한 천류영이 말하면 거의 맹목적으로 믿는 정파인들 때문에 더욱 궁금증이 커졌다.

그렇기에 꼭 묻고 싶은 것이 있었다.

하지만 독고설이 그의 곁에서 한시도 떨어지지 않았다. 물론 자신은 의원이니 작정하고 둘만의 시간을 만들려고 하면 못할 것도 없었다.

그러나 괜한 오해를 살까 싶어 적당한 기회를 찾았지만, 결국 실패했다. 그래서 그냥 측근들이 있는 자리에서 대화를 시도했다. 이 사람들이라면 큰 문제가 될 것 같지 않으니까.

하루 종일 이동하다가 노숙을 준비하는 시간.

천류영의 진맥을 끝낸 하유가 말을 건넸다.

"그때 말했던 것 말인데요."

"예?"

"아니, 그러니까…… 항주의 싸움이나 취존…… 뭐, 그런 얘기들이요."

"아! 예. 뭐 궁금한 것이라도?"

천류영이 고개를 끄덕이며 미소를 머금었다. 그런 천류영의 얼굴을 보면서 하유는 다행이라는 생각이 들었다.

당문의 보물이라는 만액환단을 복용하지 않았더라면 저 평범한 얼굴은 정말이지 회복 불능이었을 것이다.

거창하게 환골탈태라고까지는 할 수 없겠지만, 그래도 기적적인 회복 과정이라 할만 했다.

하유는 옆에 앉아 있는 독고설을 흘낏 보며 다시 한 번 천류영의 얼굴이 망가진 상태로 굳지 않아 다행이라고 여겼다.

청화 독고설.

그녀는 수척해져 있고, 먼지를 뒤집어쓴 상태였다. 그런데도 그녀는 빛이 났다.

뭐랄까.

그냥 그녀의 존재 자체가 아름다움이라고 해야 할까?

솔직히 그녀를 처음 봤을 때는 너무 예뻐서 여인이 여인을 보면서 생길 만한 흔한 시샘조차 나지 않았다.

그렇게 압도적이라고밖에 표현할 수 없는 독고설에 비해 연인인 천류영의 얼굴이 엉망인 상태로 굳어진다면?

어쩔 수 없이 보는 사람들마다 '쯧쯧' 하고 절로 혀를 차게 됐을 테니까.

나란히 앉아 있는 천류영과 독고설을 잠시 빤히 보던 하유는 자신도 모르게 아미를 찌푸렸다. 너무 빤히 봐서인지 독고설이 고개를 갸웃거린 것이다.

"저한테도 할 말이 있나요?"

그녀의 물음에 하유가 입을 열었다.

"아, 아뇨. 그냥…… 두 분이 이렇게 나란히 앉아 있으니까……."

순간, 독고설의 눈이 반짝거렸다. 그 눈빛과 표정을 읽은 하유는 곤혹스러웠다.

독고설의 얼굴은 기대감에 차 있었다. 동시에 겁먹은 것 같기도 했다.

뭐지? 뭘 기대하는 거지?

설마 둘의 외모가 잘 어울린다는 말을 기대하는 건가? 그런 말도 안 되는 걸 기대할 리가 없을 텐데.

그리고 겁먹은 것 같은 기색은 뭐지? 그건 도통 감조차 잡히지 않았다.

하유는 자신이 독고설의 표정을 잘못 읽었다고 생각하며 고개를 저었다.

"아무것도 아니에요. 저기, 천 공자님, 그러니까……."

하지만 그녀는 말을 잇지 못했다. 독고설이 땅이 꺼져라 한숨을 뱉었으니까.

천류영이 걱정스러운 낯빛으로 물었다.

"설아, 왜 그래? 어디 불편해?"

독고설은 손으로 머리카락을 귓등으로 쓸어 넘기며 답

했다.

"제 몰골이 보기에 많이 안 좋은가 봐요."

천류영이 안쓰러운 표정으로 동의했다.

"그래, 많이 피곤해 보여. 하긴 내 수발드느라 거의 쉬지도 못했으니. 그전에도 마음고생을 많이 했을 테고."

"……."

"이제 나는 괜찮으니까 제발 밤에라도 푹 자."

"예."

독고설은 조용히 대답하곤 하유를 직시했다.

"하유 부주님."

"예?"

"제가 평소에는 안 이래요."

"뭐, 뭐가요?"

"다 알아요. 방금 천 공자와 절 보면서…… 제가 많이 부족하다고 생각했죠? 그리고 천 공자 얼굴에 붓기도 빠지고 그러면서 잘생긴 얼굴이 드러나니 더 비교되고."

하유는 얼이 빠졌다.

지금 뭐지?

그럼 진짜 아까 정말로 잘 어울리는 한 쌍이라는 말을 기대했던 건가?

그리고 겁먹은 건, 천류영에 비해 자신이 부족하다는

생각에 겁을 먹은 거고?

하유는 자신도 모르게 입 밖으로 감정을 토해낼 뻔했다.

'미친!' 이라고.

옆에 있던 조전후나 팽우종은 그 심정 이해한다는 눈으로 하유를 봤다.

천류영도 하유의 생각을 간파하고는 땅이 꺼져라 한숨을 내쉬었다. 그러고는 사과했다.

"죄송합니다."

"……."

"그나저나 저에게 묻고 싶은 것이?"

"아! 그렇죠. 사실 다 정파 분들이시니 민감한 질문일 것 같아서 고민했는데……."

그녀는 말꼬리를 흐리다가 정색하고 천류영을 직시하며 질문했다.

"마교, 사육주, 배교. 어느 세력과 싸워도 지지 않으리란 자신감, 무척 인상 깊었어요."

천류영은 곤혹스러운 듯 쓴웃음을 깨물다가 답했다.

"아! 그거야 뭐…… 싸움을 시작하지도 않았는데 겁부터 집어먹을 수는 없는 노릇이니까요. 명색이 책사인데 자신 없다고 말하면 어느 누가 절 믿고 따라주겠습니까?"

하유는 너무 모범적인 대꾸에 왠지 허탈해졌다.

"그, 그런 건가요?"

천류영은 빙그레 소리 없이 웃고 말했다.

"진짜 하고 질문이 뭔지 알겠습니다. 천마검 형님과 붙어도 자신 있냐는 것이죠?"

하유는 말없이 고개를 끄덕였다.

그러자 천류영의 입가에 걸린 미소가 짙어졌다. 항주에 있을 때 폭혈도가 자신에게 던진 질문과 같았다.

훗날 둘이 붙으면 어떻게 될 것 같으냐고 폭혈도가 물었었다.

"사실 저는…… 삼 년 전, 사천성에서 나름의 활약으로 세상에 알려졌죠. 그럼에도 저는 무림에 출도하는 것이 무서웠습니다."

"……?"

"왜냐하면 천마검 형님과 붙는 것이 두려웠던 거죠. 그리고…… 그건 지금도 마찬가지입니다."

"아!"

"원하는 답변이 되었습니까?"

독고설은 입술을 여짓거리며 끼어들까 하다가 침묵했다. 이건 참견할 사안이 아니라고 판단한 것이다.

하유는 잠시 침묵하다가 입을 열었다.

"두려워하는 것과 승부의 결과는 다른 거죠. 천마검, 그 사람을 이길 자신이 있나요?"

"그 질문을…… 예전 폭혈도 조장이 저에게 했습니다. 그리고 저는 이렇게 말했죠."

독고설과 주변 사람들이 긴장하며 귀를 쫑긋 세웠다.

지금껏 들어보지 못한 이야기, 그리고 사실 자신들도 무척이나 궁금했던 것.

하유가 물었다.

"뭐라고 하셨죠?"

"제가 이길 거라고."

독고설과 정파인들이 미소를 머금었고, 하유는 뭔가 불만스러운 표정이 되었다.

천류영이 말을 이었다.

"그리고 제가 질 것이라고."

경청하던 모두의 얼굴이 일그러졌다. 단지 하유만 빼고.

조전후가 가슴을 치며 끼어들었다.

"천 공자답지 않게 명쾌하지 않잖아!"

팽우종도 거들었다.

"답변이 어째 해괴한 것 같은데."

천류영은 소리 없이 웃다가 답했다.

"그때 폭혈도 조장에게 해줬던 이 대답에 관한 생각, 아직 변하지 않았어요. 물론 제가 이번에 죽었다면 얘기는 달라졌겠지만."

"……."

"나중에 이 말에 대해 곱씹어볼 날이 올 겁니다. 그리고…… 그랬으면 좋겠고 말입니다."

하유가 고개를 끄덕였다.

"예. 천 공자가 지금 한 말 잊지 않고 기억해 뒀다가 훗날 꺼내보죠. 그럼…… 어쨌든 천 공자와 천마검은…… 적이란 뜻이죠?"

천류영은 고개를 들어 어둑어둑한 하늘을 보았다.

"그것에 관한 얘기도 했죠. 그리고 우리는 나란히 굴러가는 운명의 수레바퀴라고 했던 기억이 나네요."

"……."

"천마검 형님과 저는…… 그렇게 같은 방향으로 굴러갈 겁니다. 누가 이기든 지든…… 누가 패왕의 별에 오르든, 그 형님과 저는 적대시하지 않고 서로를 포용하게 될 테니까요."

천류영은 눈을 감았다.

부디 그렇게 되길 기원하면서.

천류영은 알고 있었다.

어쩌면 천마검 형님은 자신을 받아들일 수 없을지도 모른다는 것을.

아니, 그가 이해하고 용납하려고 해도 그의 주변 환경이 그렇게 허락하지 않을 수도 있음을.

＊   ＊   ＊

사육주의 군영.

그들은 절강성에서 물러나 동정호로 이동 중이었다.

늦은 밤.

예전에 비해 사기가 많이 떨어져서 이동조차 힘들어 하는 자들이 적지 않게 속출했다.

무상이 천마검에게 패해서 그랬고, 무상에 대한 예전과 같은 절대적인 믿음이 없어졌기에 더 그랬다.

사육주의 군영 중 녹림도가 운집해 있는 지역.

대산 총표파자는 침상 옆에 있는 원탁에 앉아 있었다.

근처에 서 있는 광혈창은 그가 며칠 전부터 누군가를 기다리고 있음을 알고 있었다. 그리고 그들이 누군지도.

하지만 광혈창은 회의적이었다.

과연 그자들이 먼저 고개를 숙이고 들어올까?

어느 순간, 대산이 음산하게 웃었다.

"역시…… 이제야 오는군."

광혈창도 이내 접근하는 이들의 기척을 간파했다.

그들의 정체는 문상 야월화와 흑살대에서 엄선된 호위들.

야월화가 막사 안으로 들어서자 대산이 일어나 반겼다.

"하하하, 이 야심한 밤에 문상 그대가 누추한 이곳까지 무슨 일로 오셨을까?"

야월화는 입술을 깨물며 대산을 쏘아보았다. 하지만 그것도 잠시. 그녀의 고개가 밑으로 떨어졌다.

정중한 목례.

"총표파자, 당신의 도움이 필요해요."

"하하하, 우리는 한 배를 탄 동지가 아니었던가. 동지끼리 무슨 도움을 말하는가. 청하면 들어주는 것이 예의지."

"사실 나는 당신을 그다지 신뢰하지 않아요. 그리고 그건 지금도 마찬가지예요."

그녀의 심안은 대산과 가까워지자 어김없이 발동하며 조심하라는 신호를 보내왔다.

하지만 늘 발동되는 심안에 자신도 모르게 면역이 되어 버렸다.

또한 그녀는 지금 녹림의 힘, 정확히 말하면 절대고수

의 힘이 필요했다. 심안이 경고한다고 해도 지금은 그가 필요했다.

대산은 원탁의 의자 하나를 빼서 그녀에게 내주었다.

야월화가 착석하자 그도 맞은편에 앉으며 말했다.

"내 도움이라면?"

"마교의 수석 군사 마갈을 만나야겠어요."

"흐음, 지난겨울에 몇 번 만나지 않았나?"

"그랬죠."

"그런데 새삼 무슨 도움이 필요하다고 그러는지 모르겠군."

야월화는 미간을 찌푸리며 앙칼지게 대꾸했다.

"순진한 척하지 말아요. 당신이라면 내가 무슨 말을 하려는지 알고 있잖아요!"

"글쎄."

야월화는 한숨을 삼켰다. 목마른 사람이 우물을 파야지, 어쩌겠는가.

"내 호위대에 총표파자를 비롯한 녹림이 참여해 줘요."

"응? 그건 천응문의 역할이 아니었나?"

태연한 대꾸에 야월화의 눈꼬리가 올라갔다.

"지금 우리 무상과 그들과의 관계가 소원한 것을 잘 알고 있잖아요."

"흐음, 사오주가 모르게 마갈과 은밀한 협상이라도 하려는 건가?"

"그것까지 알 필요는 없고, 그냥 이번 한 번만 부탁해요. 이번만 도와주면 잊지 않고 나중에 배로 갚을 테니까."

대산은 눈을 감고 손가락으로 원탁을 두드렸다. 그러길 반 각.

그가 눈을 뜨고 야월화를 직시하며 말했다.

"거절."

예상치 못했을까?

야월화의 눈동자가 거칠게 흔들렸다.

그녀는 표독스러워진 눈빛으로 대산을 쏘아보다가 자리에서 일어났다.

"우리 무상이 아니라 사오주에 붙겠다는 거군요."

대산은 양팔을 좌우로 펼치며 고개를 저었다.

"아니, 나는 그런 권력 다툼에는 흥미가 없어."

"……."

"괜히 천웅문이나 사오주의 다른 문파들과 척지기 싫을 뿐이지."

야월화는 대산을 뚫어지게 보다가 돌아섰다.

"후회할 거예요."

그녀가 찬바람을 일으키며 막사 밖으로 나갔다. 그녀가 돌아가자 광혈창이 황당한 표정으로 있다가 물었다.

"아버지, 기회가 왔는데 왜?"

그렇다.

대산은 지금껏 이런 상황을 만들려고 기회를 호시탐탐 엿보았다. 그런데 어렵게 온 기회를 이렇게 제 발로 걸어차 버리다니.

대산이 히죽 웃었다.

"그 계집은 다시 올 거야."

"……!"

"바로 수락했으면 날 믿지 않았을 거다."

"아……."

대산은 소리 없이 웃으며 흥미로운 표정을 지었다.

"재미있게 됐어. 억지로라도 그 계집의 호위가 될 기회를 만들어야 했는데, 항주에서 상황이 꼬이면서…… 우리에게 선택의 폭이 확 넓어졌다고 해야 하나? 쉽지 않은 시도라고 생각했는데…… 난이도가 확 떨어졌어."

"아버지의 임기응변이 좋았습니다."

대산이 고개를 끄덕이다가 멈추고는 좌우로 저었다.

"그런 것 같기도 하지만, 아닐 수도 있지."

"……?"

"내 잔머리 덕이라고 치부하기엔 상황이 너무 좋다. 무상의 부상이 심각하고, 그와 사오주 수뇌부와의 관계가 틀어졌지. 이건…… 하늘의 뜻이다."

대산은 막사의 천장을 보며 말을 이었다.

"내가 사육주의 왕좌에 오른다는 암시이고, 더 나아가서는 천하를 제패할 패왕의 별이 된다는 징조지. 하하하, 하하하하!"

4

독고세가의 가주인 독고무영은 안쓰러운 눈빛으로 전면을 주시하고 있었다.

하평산 아래 자리한 감수사(感守寺).

대웅전 앞뜰에 있는 구층 석탑을 유화 부인이 돌고 있었다. 아들인 천류영의 무사 생환을 기원하며.

한 걸음 걷고 합장하고, 다시 한 걸음 걷고 합장하고…….

지난봄, 천류영이 죽었다는 소식에 실신하고 시름시름 앓던 그녀는 며칠 후에 독고설의 서찰을 받았다.

독고설은 천류영이 죽지 않았다고 확신하며, 그의 행방을 열심히 수소문하고 있으니 결코 포기하지 마시라는 당부를 절절하게 썼다.

그날부터 유화 부인은 힘을 냈다.

감수사란 절에 들어가 하루도 거르지 않고 치성을 올렸다. 아침 일찍 일어나 백팔 배를 하고, 늦은 밤까지 탑을 돌며 아들이 살아 돌아오기를 기원했다.

그러던 어느 날, 독고설로부터 다시 서찰이 당도했다.

내용은 천류영이 납치되었다는 것과 그를 구하러 곧 떠난다는 것이었다.

유화 부인뿐만 아니라 독고세가의 모든 이들이 감격의 눈물을 흘렸다. 하지만 불안감이 가신 건 아니었다.

천류영이 납치된 지 수개월.

어쩌면 납치범들에게 해코지를 당해 죽었을지도 모르는 일 아닌가.

유화 부인은 치성을 멈추지 않았다. 이번에는 독고무영의 부인인 주숙정과 천류영의 여동생인 천수연도 함께했다.

그러나 지금, 독고무영이 보고 있는 여인은 유화 부인 한 명뿐이었다.

그의 아내와 천수연은 보름 만에 탈진했고, 병까지 얻은 것이다. 그러니 반년 가까이 치성을 드리고 있는 유화 부인의 심신은 어떻겠는가.

탑을 도는 그녀의 옷은 비를 맞은 것마냥 땀에 푹 절어 있고, 몸은 금방이라도 쓰러질 듯이 연신 흔들렸다.

독고무영은 자신도 모르게 고개를 절레절레 저으며 중얼거렸다.

"어머니의 힘이란 참으로 고귀하고 무섭구나."

그는 한숨을 삼키며 돌아섰다.

독고무영이 절의 입구인 일주문에 당도하자 대기하고 있던 호법 두 명이 씁쓸한 표정을 지었다.

그들 중 한 명인 독고진 호법이 고개를 주억거리며 한숨을 내뱉고 중얼거렸다.

"역시……."

역시 가주님도 말리지 못하셨냐는 말이었다.

유화 부인을 직접 본 사람들은 모두가 공감하는 것이었다.

독고진 호법이 입술을 여짓거리다가 말했다.

"가모께서는 강제로라도 모셔오라고 신신당부하셨습니다."

독고무영은 쓴웃음을 깨물며 어깨를 으쓱거렸다.

"직감적으로 알 수 있었네. 지금 그분을 방해하면 당장 큰일이 생길지도 모른다는 것을."

두 호법이 동시에 고개를 끄덕이며 동의했다.

셋은 침묵하며 말에 올라탔다. 하지만 그들은 말에 탄 채 나아가지 않았다.

흙먼지를 일으키며 이곳으로 달려오는 사두마차 때문이었다.

독고세가의 안주인이 사용하는 마차였다.

독고진 호법이 독고무영을 향해 말했다.

"가주님께서도 어쩌지 못할 것을 알고 계셨나 봅니다. 하지만 가모께서는 오늘 어떻게든 유화 부인을 모셔갈 생각이신 것……."

독고무영이 미간을 좁히며 손을 들어 호법의 말을 막았다.

"그게 아닌 것 같네. 저렇게 다급하게 마차를 몬다는 건, 본가에 무슨 일이 생겼다는 것 같은데?"

가주의 말에 두 호법의 표정이 굳었다.

작년.

마교의 자객이 두 차례에 걸쳐 침입한 적이 있었다.

그들의 목적은 유화 부인과 천수연의 납치였다.

원래 유화 부인은 천류영이 마련해 준 돈으로 독고세가 밖에 거주지를 마련하려고 했다.

하지만 경호상의 문제로 독고무영이 수락하지 않았고, 실제 마교의 자객이 등장하자 유화 부인도 고집을 꺾었다.

물론 지금도 감수사 주변, 보이지 않는 곳에서는 독고세가와 독고궁의 무인들이 철통같이 경계를 서고 있었다.

셋은 빠르게 다가오는 마차를 보다가 마주 달려 나갔다.

혹시 이번에도 마교의 자객이 본가에 몰래 침입한 것이 아닐까?

차분하게 생각해 보니 그럴 가능성은 높지 않았다.

그랬다면 독고무영의 아내가 직접 올 리 없었다.

불현듯 드는 불길한 상상.

혹시 마교의 일부 세력이 한중 땅에 몰래 들어와 기습 공격을 하고 있는 건 아닐까?

그런 경우라면 본가의 장로들이 가주의 가족을 먼저 피신시킬 가능성이 있었다.

독고무영이 그런 우려를 탄식처럼 흘렸다.

"설마 마교도들의 일부가 본가를 기습한 건 아니겠지?"

독고진 호법이 고개를 저으며 곧바로 대꾸했다.

"그건 아닐 겁니다. 본가를 치려면 적지 않은 병력이 있어야 합니다. 본가 주변을 철저히 감시하고 있지만, 경계할 만한 규모의 무림인 단체는 없었습니다."

단호하게 말했지만, 목소리에 힘이 없었다.

작정하고 숨어들려면 방법이 없는 것도 아니니까.

마침내 양쪽의 거리가 가까워졌고, 서로 말을 멈춰 세웠다.

마차가 멈추자 여인들이 문을 열고 뛰어나왔다.

주숙정, 천수연, 그리고 독고은.

독고은이 상기된 얼굴로 외쳤다.

"아버지! 살았어요. 설이 언니가 천 공자를 구출했대요!"

독고무영과 두 호법의 얼굴이 햇살처럼 밝아졌다. 그들의 입에서 기쁨의 탄성이 흘러나왔다.

독고무영이 너털웃음을 터트렸다. 정말이지, 몇 개월 만에 처음으로 웃었다.

"허허허. 암, 나는 한 번도 의심한 적이 없다. 천 공자가 그리 쉽게 죽을 사람이 아니지. 허허허."

두 호법도 웃으며 입을 열었다.

"가주님, 감축 드립니다."

"다행입니다, 정말 다행입니다."

독고무영은 웃음을 감추지 못하다가 '아차!' 라는 말을 내뱉으며 말 머리를 돌렸다.

히이이힝.

그가 감수사로 말을 몰았다. 두 호법도 뒤를 따랐고, 여인들도 다시 마차에 올랐다.

독고무영은 절 입구의 일주문에서 나는 듯이 말에서 뛰어내려 안으로 달려 들어갔다.

"유화 부인! 유화 부인!"

그는 마치 어린아이처럼 소리를 지르며 뛰었다.

유화 부인은 힘겨운 표정으로 구층 석탑을 돌다가 멈췄다. 그러더니 그녀가 독고무영을 보았다.

마치 천하를 다 얻은 듯이 기뻐하는 얼굴.

순간, 유화 부인이 양손으로 수척한 제 얼굴을 감쌌다. 독고가주로부터 아무 말도 듣지 않았지만, 그가 무슨 말을 하려는 건지 간파한 것이다.

울음이 터졌다.

참기 어려울 정도로 희열의 눈물이 줄줄 흘러내렸다.

"흑, 흑흑, 감사합니다, 감사합니다."

그 말을 연방 내뱉으며 그녀가 땅바닥에 털썩 주저앉았다.

독고무영은 미소로 말했다.

"부인의 정성에 하늘도 감복한 것이지요."

유화 부인이 울면서 고개를 저었다.

"설이 아가씨 덕분입니다. 아가씨 덕분에……."

독고무영이 그녀의 말을 끊었다.

"허어, 사돈어른. 제발 설이를 아가씨라고 부르지 마시라니까요. 며느리가 될 아이입니다."

독고무영은 '사돈어른'과 '며느리'란 단어에 힘을 주었다.

유화 부인은 그저 계속 울었다. 그러면서 고맙다는 말을 앵무새처럼 반복했다.

그때, 두 호법과 여인들이 다가왔다.

천수연도 눈물을 흘리며 유화 부인을 안았다. 둘이 서로 얼싸안고 엉엉 울자 보는 사람들도 눈이 시큰해졌다.

주숙정이 눈물 그렁한 눈으로 그녀들에게 다가가 둘의 등을 안았다.

"이제 집으로 가시지요. 나중에 천 공자가 돌아와 부인의 지금 모습을 보면 얼마나 가슴 아프겠습니까. 또 이 지경이 되도록 말리지 못한 우리를 얼마나 원망하겠어요?"

유화 부인은 주숙정을 보면서도 고맙다는 말을 거듭했다. 결국 주숙정도 눈물을 흘렸다.

절 주변에 잠복해 있던 독고세가와 독고궁 무사들도 하나둘씩 모습을 드러냈다. 모두가 환하게 미소 짓고 있었다.

무림서생 천류영의 생환은 작금의 정파무림인들에게 가뭄 속 단비와 같은 소식이었다.

독고은은 주변의 모든 사람들을 천천히 훑으며 어깨를

으쓱거렸다.

"우리 언니가…… 확실히 남자 보는 눈이 있다니까."

말을 하고 나니 자신도 모르게 실소가 흘러나왔다.

예전…… 독고설이 천류영을 그리워하는 것을 지켜보며 짜증냈던 기억들이 떠오른 것이다.

감히 언니를 이름 한 번 들어보지도 못한 쟁자수 출신이 가로채려는 것에 분노까지 했다.

물론 지금은 아니다.

독고은도 천류영이 얼마나 대단한 사내인지, 지난번 사천 분타의 전투에서 뼈저리게 깨달았으니까.

그녀는 고개를 들어 노을로 붉게 물든 서녘 하늘을 바라보았다.

"흐음, 무척이나 듣고 싶네. 달콤하기까지 한 그 목소리."

*　　　　*　　　　*

하오문주 수란은 자신의 말을 마쳤다.

천류영을 구출했고, 그 과정에서 십천백지의 일존에게 귀혼창이 죽었다는 얘기.

천마검 백운회와 섬마검 관태랑은 입술을 깨문 채 마치

망부석처럼 서 있었다.

수란은 살갗이 따갑다고 느꼈다.

저 두 사람이 살기나 어떤 기운을 흘리는 것도 아닌데도 그랬다.

그저 가슴이 답답할 정도로 묵직한 슬픔.

수란은 심호흡을 하고 다시 입을 열었다.

"자세한 것은…… 폭혈도 조장이 며칠 뒤에 올 테니, 그때 들으시면……."

그녀의 말꼬리를 관태랑이 삼켰다.

"잘못된 정보일 가능성은…… 없습니까?"

수란은 어깨만 으쓱하고 쓴웃음을 지었다.

어떤 위로를 한들 소용이 있겠는가. 그렇다고 거짓을 말할 수도 없는 노릇이었다.

하지만 관태랑은 다시 물었다.

"잘못된 정보일 가능성은 없습니까?"

"……."

"하오문주님! 제가 지금 묻고 있지 않습니까. 잘못된……."

관태랑은 말을 맺지 못하고 주먹으로 탁자를 쾅! 내려쳤다.

두꺼운 탁자가 요란한 소리를 내며 동강 났다. 동시에

그의 눈에서 굵은 눈물이 뺨을 타고 또르륵 흘러내렸다.

또다시 침묵.

그 정적을 백운회가 반 각 만에 깼다.

그는 수란을 보며 입을 열었다.

"술을 부탁하고 싶은데……."

"얼마든지요. 최고급 술을 몽땅 내오죠."

백운회가 고개를 저었다.

"아니, 황주면 돼."

"……."

"그 녀석이 좋아하는 술이지. 그리고 귀혼창이 안주로 뭘 좋아했더라? 아! 고노육(古老肉:돼지고기로 만든 튀김을 볶은 요리). 그거로 부탁하지."

그의 담담한 말이 오히려 수란을 더 울컥하게 만들었다. 그녀는 잠시 대꾸를 하지 못하다가 고개를 끄덕였다.

"알았어요."

수란이 뒤돌아 나가려는데 백운회가 불렀다.

"잠깐만."

"……."

"일존은 죽었다고 했지? 그럼 취존, 그 자식은?"

"정파가 운집해 있는 무당산으로 가고 있는 것으로 파악하고 있어요. 정확한 위치는 모르지만, 아마…… 지금

쯤이면 거의 당도하지 않았을까요?"

"그렇군."

수란은 끝까지 담담하게 말하는 백운회를 보면서 자신도 모르게 마른침을 삼켰다. 분노와 눈물을 드러낸 관태랑보다 무덤덤해 보이기까지 한 백운회가 훨씬 더 무섭게, 그리고 더 아프게 느껴졌다.

수란은 문가에 대기하고 있는 시비에게 황주와 고노육을 가져오라고 지시한 후, 백운회를 보았다.

그녀가 물었다.

"취존. 죽일 건가요?"

귀혼창은 일존 때문에 죽었다. 하지만 이 모든 사태의 원인은 취존이 천류영을 납치했기에 일어난 것이다.

관태랑이 당연한 것 아니냐고 말하려다가 미간을 찌푸렸다.

취존은 정파 무리 속으로 들어가 그곳에서 수뇌부에 앉을 것이다. 그리되면 그를 상대하기 어려워진다. 전장에서 직접 마주치지 않는 한.

백운회는 의자에 천천히 앉으며 입을 열었다.

"내 차례까지 올지 모르겠군. 천류영의 사람들도 벼르고 있을 테니까."

수란은 대꾸하지 않았고, 백운회가 말을 이었다.

"그래도 내 차례가 왔으면 좋겠군."

관태랑이 끼어들었다.

"귀혼창 조장은…… 제 직속 수하입니다."

기회가 생긴다면 자신이 상대하고 싶다는 뜻이었다.

백운회는 아직도 주먹을 쥔 채 이를 가는 관태랑을 보다가 대꾸했다.

"미안. 아무리 자네라도 이것만큼은 양보 못하겠어. 그 녀석을 천랑대로 끌어오고, 조장에 앉힌 건 나니까."

"저 역시 이것만큼은 양보할 수 없습니다."

수란은 두 사내를 보다가 돌아섰다.

이 유치한 대치가 말하는 건 자명했다.

귀혼창이라는 최측근의 죽음을 둘은 진심으로 받아들이지 못하고 있다는 의미였다. 아까 백운회 스스로 말했듯이 본인 차례까지 오지 않을 것이다. 천류영이 살아남으로써 취존은 수많은 이들에게 적이 되어버렸다. 당연히 죽이려는 자들이 많이 생길 것이다.

그걸 알면서도 두 사내는 복수를 말하고 있었다.

'한 가지는 확실하군.'

그녀는 내실 밖으로 나가면서 피식 웃었다.

취존.

그가 아무리 무신경의 절대고수라 하더라도 결코 살아

남을 수 없으리라 확신했다.

＊　　　　　＊　　　　　＊

꿀꺽꿀꺽.

목젖이 꿀렁거린다.

호리병의 술을 마신 취존은 기지개를 켜며 하품을 하다
가 눈을 빛냈다.

자신을 흘끔 쳐다보며 긴장하고 있는 점소이가 아까부
터 신경에 거슬렸다.

지금 이곳은 무당산에서 남쪽으로 반나절 거리인 작은
마을, 창읍의 객잔이었다.

취존은 내일 무당산에 운집해 있을 정파인들에게 깔끔
한 모습으로 등장하기 위해 객잔에서 오랜 시간 목욕을
하고 새 옷으로 갈아입은 상태였다.

아무리 그라 해도 대륙의 절반을 종단으로 가로질렀으
니 피곤하지 않을 수 없었다.

하지만 술 생각이 간절해 객잔 일층에 나와 수하인 일
지와 함께 술을 마시는 중이었다. 흑야주는 자신들이 이
동하는 동안의 무림 정세를 파악하겠다며 외부로 나간 상
황.

취존과 젊은 점소이의 눈이 마주쳤다.

그러자 몰래 취존을 살피던 점소이가 움찔하더니, 급히 고개를 돌렸다. 그러나 이내 한숨을 쉬더니 자리에서 일어났다.

그가 취존에게 다가오더니 한 손을 품속으로 넣었다.

다시 나온 손에는 한 장의 서신이 들려 있었다.

"아까 어떤 손님이 저에게 이 서신을 주면서……."

취존이 말을 끊으며 대꾸했다.

"나에게 전해주라 했다?"

"예."

"그럼 그렇게 하면 되지, 뭘 그리 망설인 거지?"

"그, 그게…… 무림인들이라서. 그리고 그 단순한 심부름의 대가로 은자를 열 냥이나 주어서……."

그는 뒷말을 삼켰다. 왠지 하면 안 될 것 같아서 그랬다.

그가 삼킨 뒷말은, 이 심부름을 이행하지 못하면 죽여버리겠다는 것이었다.

"아하!"

취존은 이해했다. 이 점소이는 무림 일에 괜히 휘말리는 것은 아닌가 두려웠던 것이다.

요즘 무림이 여간 흉흉하지 않았으니까.

취존은 덕담을 해주었다.

"네놈이 어제 돼지꿈이라도 꿨나 보구나. 돌아가도 좋다."

점소이의 눈이 휘둥그레졌다.

"저, 정말 이것으로 끝입니까?"

그가 고개를 갸웃거렸다.

겉으로 보기엔 작은 심부름에 불과한데 대가가 컸고, 실패할 시 죽인다고 협박까지 받았다.

결코 작은 심부름이 아니라고 점소이는 생각하고 있었다. 어쩌면 이 서신을 전해도 자신은 죽을지도 모른다는 생각까지 했던 것이다.

취존은 귀찮다는 듯이 손을 흔들어 점소이를 쫓고는 서신의 봉투를 뜯었다.

일지가 궁금한 눈빛으로 취존과 서신을 번갈아 보았다.

자신들이 이곳에 당도할 것을 알고 있는 자들이 과연 누구일까?

서신을 읽는 취존의 눈빛이 차가워졌다. 하지만 그의 입꼬리는 여전히 올라가 있었다.

그가 자리에서 일어나며 말했다.

"잠시 외출을 해야겠다."

일지가 말을 받았다.

"준비합니까?"

취존은 잠시 침묵하다가 대꾸했다.

"혼자 나가도 상관없지만……."

그는 말을 끌다가 이었다.

"너만 따르도록."

"예. 애들한텐 뭐라고 합니까?"

취존은 귀찮아서 미간을 찌푸렸다.

"뭐라기는……. 그냥 잠깐 나갔다 오면 된다."

"그래도…… 알겠습니다."

객장에서 이십 리 떨어진 곳에 위치한 호수.

달빛과 별빛이 쏟아지는 어둠 위로 수십여 명의 무림인
들이 서 있었다.

취존을 따르던 일지는 순간 긴장했다. 하지만 여유로운
표정의 취존을 보고는 긴장을 풀었다.

호숫가에 있는 인원은 대략 오십여 명.

모두 상당한 실력자로 느껴졌다.

하지만 자신의 옆에 있는 사람은 취존이다.

그들과의 거리가 가까워져 십여 장까지 근접했다.

취존이 발을 멈추고 입을 열었다.

"우선 한 가지는 짚고 넘어갑시다."

호숫가에 있는 사람들은 침묵을 지켰고, 그 가운데 선두에 선 노인이 고개를 끄덕였다.

"말하시게."

"내가 그 객잔에 머물 것을 어떻게 아셨소? 아니, 내가 무당산으로 가고 있다는 건 누가 알려줬소? 그리고 내 정체는 어떻게 간파했고?"

"허허허, 그게 그리 중요한가?"

"난 중요하니까 말하는 게 좋겠소, 무당 장문인."

얼마 남지 않은 정파 십대고수 중 고인이 된 남궁세가의 전 가주인 검성과 수좌를 다투던 인물.

무당 장문인, 무당검선.

그가 앞으로 발을 내디디며 고개를 저었다.

"틀렸네. 그보다 훨씬 더 중요한 것이 있지."

취존의 찌푸려진 미간이 더욱 구겨졌다.

"그게 뭐요?"

"내 질문에 납득할 수 있는 답을 내놓아야 할 걸세."

"……?"

"정파무림의 중요한 동량인 무림서생."

"……!"

"그를 왜 납치하고 고문했나?"

5

취존의 눈동자가 충격으로 인해 크게 흔들렸다. 그를 따라온 일지도 마찬가지였다.

무당검선이 노호한 음성으로 외쳤다.

"뭘 꾸물거리는 건가? 노부의 질문을 듣지 못했나? 정파의 일원인 십천백지의 천존으로, 그대는 왜 같은 정파인인 무림서생을 납치하고 고문했는가!"

취존은 입술을 꽉 깨물었다.

함정!

자신은 함정에 빠진 것이다.

어떤 변명을 해도 이젠 정파에서 설 자리가 없을 터!

기가 막혀 실소가 절로 나왔다.

그 오랜 시간, 십천백지의 이름으로 정파를 위기에서 구하고 패왕의 별이 될 날만 꿈꿔왔다.

그렇게 오랜 시간, 천하의 흐름을 하나하나 조율하며 수고를 아끼지 않았다. 그리하여 마지막 영광의 무대에 올라서려는 순간이었다.

바로 그 순간에 모든 수고가 물거품이 되고 말았다.

바로 천류영, 그놈 때문에!

자신에게 납치되어 지하에서 고문을 받으며 하루하루

버티던 놈이 자신의 원대한 꿈을 짓밟은 것이다.

이 얼마나 황당하고, 믿기지 않는 일이란 말인가.

"큭, 큭큭."

그는 고개를 젖혀 까만 하늘을 보았다.

대체 이게 어찌 된 일인가.

결과는 이제 돌이킬 수 없게 되었다. 하지만 그 과정이 궁금해졌다.

저들이 어떻게 무림서생에 관한 일을 알고 있는 건가.

취존은 어깨를 들썩이며 웃었다.

"크크크, 크하하하! 젠장."

빌어먹을 노괴, 일존!

그놈이 천류영의 세 치 혀에 넘어간 것이 틀림없다. 그것 외에는 다른 것을 생각할 수 없었다.

일지는 자신들은 포위하는 무당의 도사들을 보면서 침을 삼켰다.

"취존……."

그러나 취존은 뒷짐을 진 채 대구하지 않았다. 여전히 생각에 몰두하고 있었다.

일존, 그 노괴가 천류영을 죽이거나 제 밑으로 거두려는 생각을 할 수 있었을 것이다.

하지만 자신을 배신하면서까지 천류영과 전격적으로 손

을 잡을 거라고는 전혀 예상하지 못했다.

적어도 무림 일통을 하기 전까지는 서로 건드리지 말자던 무언의 맹약이 이렇게 허망하게 깨져 나갈 수 있다니.

일존은 나를 그리 만만하게 보고 있었단 말인가?

그럴 리가.

취존은 뒷짐을 풀고 양손으로 마른세수를 했다.

궁금했다.

천류영은 대체 일존에게 무엇을 대가로 내놓았을까?

머리를 굴려봤지만, 답이 나오지 않았다.

하긴 어떻게 상상할 수 있겠는가.

천류영이 자신의 세력을 통째로 일존에게 넘겨주겠다는 약속을 했으리라고.

물론 천류영이 그런 약속을 했더라도 일존이 의심하지 않을 인간이 아니다.

하지만…… 당시의 상황이 그랬다.

천류영은 죽어가고 있었으니까. 더 나아가서는 그를 구하려는 구출대도 위기에 빠졌고. 그런 상황에서 천류영이 던진 미끼였으니, 일존도 넘어갈 수밖에 없었다.

또한 사존과 오존의 권력욕도 만만치 않다는 것을 취존은 염두에 뒀어야 했다.

취존은 연신 한숨을 흘리며 고개를 가로저었다.

대체 어디서부터 잘못된 걸까?

무림서생을 납치한 것?

아니, 그건 아니다.

놈은 위험인물이다.

가만히 두면 자신 대신 정파를 위기에서 구하고 패왕의 별이 될지도 몰랐다. 그만큼 자신들이 이룩한 것을 망가뜨리고 있었으니, 제재가 필요한 건 당연했다.

그렇다면?

무림서생을 납치한 것이 실수가 아니라면?

취존은 다시 한숨을 뱉었다.

자신의 명확한 실수가 두 가지 있었다.

첫째, 천류영이 비범하다는 것을 알면서도 크게 개의치 않은 것.

이건 전적으로 자신의 탓이다. 자신의 강함을 너무 믿었기에, 천류영이 머리를 굴려봐야 소용없다고 과신한 것이다.

설마 놈이 납치된 상황에서도 이런 식으로 자신을 물 먹일 수 있을 거라고는 전혀 예상 못했다.

둘째, 천류영을 힘 있는 자와 접촉하지 못하게 해야 했다. 일존이 천류영을 죽이려고, 혹은 천류영이 어떤 인물인지 살피러 간 것을 간파했을 때, 자신도 서둘러 돌아갔어야 했다.

일지가 다시 취존을 불렀다.

"취존……."

그제야 취존이 하늘을 바라보고 있던 고개를 내렸다.

어느새 포위는 완성되어 있었다.

단순한 포위가 아니라 진(陳)이었다.

아까 어림짐작으로 추정했던 것보다 훨씬 강대한 기운
이 사위에서 꿈틀거리며 퍼져 나갔다. 그 기운은 결코 예
사롭지 않았다.

"음……."

처음으로 취존의 얼굴이 딱딱해졌다.

무림 검법의 조종이라 불리는 무당파였다. 그들이 십천
백지의 무력을 모를 리 만무.

즉, 지금 주변을 둘러싼 저 검진은 보통 검진이 아닐
것이다. 절대고수를 상대하기 위한 진이라고 봐도 무방했
다. 그런데도 자신은 멍하니 천류영에 관한 생각에 빠져
있던 것이고.

취존은 무당을 너무 얕봤다고 자책하다가 고개를 저었
다.

무당을 얕본 것이 아니었다. 자신의 힘을 믿은 것이지.

무엇보다…… 거의 평생에 걸쳐 계획해 온, 패왕의 별

이 되기 위한 모든 수고가 물거품이 되었다는 충격에서 벗어나는 것은 결코 쉽지 않은 일이었다.

무당검선이 카랑카랑한 목소리로 외쳤다.

"지금 천하는 마교와 사파의 발호로 인해 어려움을 겪고 있네! 그런데도 무림을 지켜야 할 정파인, 그것도 정파의 전설이라 불리는 십천백지의 천존인 그대가 같은 정파의 동량인 무림서생을 납치 및 감금, 고문했다는 사실은, 같은 정파인으로서 참담하고 부끄러운 배신행위이자 역적짓이라 할 수 있을 것이네!"

"훗."

"전혀 뉘우치는 기색이 없군. 우리의 상황이 아무리 급하다고 하나, 그대와 같은 악적을 도려내지 않는다면 훗날 더 크게 후회할 터. 마지막으로 변명할 게 있다면 말해 보게."

취존은 옆구리에 걸려 있는 호리병을 꺼내 술을 마시고 말했다.

"뭐, 구질구질한 변명은 하지 않겠다. 태생적으로 그런 건 별로라서. 그리고 그럴듯한 핑계를 대고 정파를 위해 밑에서부터 견마지로를 해봤자…… 어차피 이번 일로 패왕의 별이 되긴 글렀지. 하지만 궁금한 게 하나 있는데……."

"……."

"사존과 오존은 어디에 있는 거지? 내가 무서워 당신들에게 맡기고 숨어 있는 건가? 하하하하."

그가 공력을 실어 크게 웃자 사위의 허공 몇몇 군데에서 돌개바람이 일었다.

무당의 검진이 내뿜는 기운과 취존의 기운이 충돌하는 것이었다.

심상치 않은 취존의 공력을 확인한 무당 도사들의 표정이 굳었다.

무당검선이 취존을 쏘아보며 일갈했다.

"그들은 자신의 죄를 뉘우치고 다시 정파를 위해 힘을 보태기로 맹세했네."

"흥! 그들을 믿나? 사파의 무상이란 놈이 무서워 전장에서 도망친 놈들을?"

"갈! 그들이 잘했다고 말하는 것으로 들리나? 아니네. 하지만 적어도 그들은 열심히 싸웠고, 힘에 부치자 살고 싶어 도망친 것이었네. 그리고 그 행동을 그들은 부끄러워하고 참회 중이지."

"……."

"하지만 그대의 죄는 뉘우치는 것조차 부끄러울 만큼 참담함, 그 자체지. 어찌 정파의 후배를 납치하고 고문할 수 있단 말인가!"

취존은 손사래를 치며 말했다.

"말 돌리긴. 그러니까 결론은…… 사존과 오존은 내가 무서워 안 나왔다는 거군. 아쉬워. 잔머리를 써서 날 이렇게 만든 놈들만큼은 꼭 죽이고 싶었는데."

"올 것이네."

취존의 눈이 빛났다.

"언제? 이곳에서의 싸움이 다 끝나고?"

"그들은 먼저 싸움을 시작했네. 아니, 지금쯤은 끝내고 이곳으로 달려오고 있겠지."

취존은 고개를 갸웃거렸다.

"응? 싸우고 있다고? 마교는 아직……."

말하던 취존의 얼굴이 딱딱하게 굳었다. 일지도 놀라 눈을 휘둥그레 떴다.

취존이 손에 쥐고 있던 호리병을 박살냈다.

콰직!

취존의 눈자위가 샛노랗게 변했다.

"설마……."

무당검선이 말했다.

"그 설마가 맞을 거네."

"이 빌어먹을 놈들! 너희 같은 놈들을 어찌 정파라 할 수……."

무당검선이 차분한 어조로 말을 끊었다.

"자네가 할 수 있는 말은 아니지."

"……."

"또한 우리는 마교와의 일전을 앞두고 있는 상황. 피해를 최대한 줄일 필요가 있었네."

*   *   *

"크윽!"

이천의 칠지. 그의 잇새로 나직한 신음이 핏물과 함께 주르륵 흘렀다. 그의 가슴에 박혀 있는 사존의 검.

칠지가 부르르 떨며 입을 열었다.

"천존이시여, 어찌하여 배신을……."

검붉은 핏물이 쏟아져 내려 그의 말꼬리를 삼켰다.

사존은 칠지의 가슴에서 검을 비틀며 빼냈다.

투투툭.

갈비뼈 부러지는 소리가 섬뜩하게 울렸다.

사존은 차가운 눈빛으로 피식 웃었다.

"배신? 그건 너희 취존이 먼저 했지."

"……."

"모를 줄 알았나? 취존이 무당산에 와서 가장 먼저 무슨 짓을 하려고 했는지."

"천존⋯⋯."

"감히! 우리를 죽이려고 했잖아!"

사존의 검이 다시 허공을 갈랐다.

서걱.

이천의 십지 중 일지를 제외한 아홉 명의 십지.

그들 중 마지막인 칠지의 목이 날아갔다.

오존이 사존에게 다가와 어깨에 팔을 둘렀다. 같은 처지인지라 원래 가까웠던 둘은 더욱 친해졌다.

"가지."

둘의 수하인 십지 중 일곱 명이 숨을 고르며 서 있었다. 원래 둘의 십지를 합하면 스무 명이어야 하지만, 무상과의 대결 때 열셋을 잃은 것이다.

사존이 고개를 끄덕이며 발을 내디뎠다. 그가 말했다.

"서두르지. 취존이라면 빠져나갈 수 있을지도."

오존이 히죽 웃으며 대꾸했다.

"불가능해. 우리도 놀랐잖아. 과연 무당이라고 해야 할까? 그런 무시무시한 검진을 숨겨두고 있었다니."

"하긴. 하지만 세상일이란 게 늘 예상대로 흘러가는 건 아니니까."

"그건 그렇지."

두 천존이 앞장서 경공을 펼쳤고, 일곱 명의 십지가 뒤따랐다.

*　　　　*　　　　*

콰아아아앙!

거대한 폭음과 함께 비명이 일었다.

"크으윽, 괴물!"

무당의 도사들이 치를 떨었다.

무당의 고수들 중 선별하고 선별한 이십여 명이 펼치는 대천검진(大天劍陣)을 확대한, 삼십 명에서 오십 명이 펼치는 대천강검진이었다.

무당인들은 소림사의 백팔 무승이 펼치는 대나한진을 능가할, 무림 최고의 진이 될 것이라 확신하고 있었다.

특히 대나한진과 비교하면 두드러지는 차이가 있었다.

대천강검진은 극소수의 고수를 상대하기 위한 검진이라는 점이다. 상대가 아무리 공력이 심후하더라도 검진 안에서는 공력의 효과가 절반 아래로 뚝 떨어졌다.

검진 안에서 내공을 담아 공격을 해도 허공을 가르는 도중에 흩어져 버리니까.

그렇기에 무당검선은 취존이 십천백지의 천존 중 최고수라고 해도 자신이 있었다.

왜냐하면 며칠 전 사존과 오존을 상대로 시험도 해보았고, 성공을 했으니까.

둘 다 고작 반 각도 넘기지 못하고 패배를 자인했다.

그렇게 고강한, 무당파 비장의 검진이 취존을 상대로는 위태로웠다. 일각 만에 사상자가 열 명이나 나온 것이다.

마교와의 일전을 앞둔 시점이란 것을 고려하면 꽤나 큰 손실이었다.

그나마 다행이라면 취존과 함께 있던 초절정고수 한 명은 이미 제거했다는 점과, 취존도 슬슬 호흡이 가빠지고 있다는 것이다.

취존은 철검을 쥔 손등으로 이마의 땀을 훔치고 말했다.

"괴상망측한 진이군."

말은 그렇게 했지만, 진심은 달랐다. 과연 무당파니까 탄생시킬 수 있는 검진의 극점이었다.

저 많은 무당 도사들의 내공이 한데 뭉치기도 하고 흩어지기도 하는데, 그 간격이 기가 막힌다는 말로는 부족할 지경이었다. 또한 진 안을 도도하게 흐르는 기운이 몸을 무겁게 만들었다.

이깟 진은 이형환위로 단숨에 돌파할 수 있을 거라 여겼는데, 오판이었다. 그가 몸을 움직이는 순간부터 진 안을 흐르는 기운이 몸을 덮쳤다. 그 묵직한 기운이 전신을 누르니 속도가 현저하게 느려졌다.

'일단…… 어떻게든 검진 밖으로 나가야 한다.'

하지만 이중 원진(圓陳)이어서 틈을 찾는 것이 쉽지 않았다.

그의 칼이 다시 움직였다.

쇄애애액.

칼이 움직이기 무섭게 사위의 공기가 요동쳤다. 마치 물속에 있는 것 같은 느낌. 무당 도사들이 뿜어내는 공력이 그의 몸과 철검에 덕지덕지 엉겼다.

강기가 어린 철검이 중년 도사의 검을 강타했다.

쩌어어엉!

시퍼런 불똥이 사방으로 튀었다.

"크윽!"

강대한 힘을 이기지 못한 도사가 뒤로 나자빠지려는데, 어느새 좌우의 두 도사가 달려들었다. 물론 취존의 등으로도 검기가 빗발쳤다.

터터터터어엉!

취존의 호신강기가 검기를 튕겨냈다. 하지만 저 도사들

의 진검은 무시할 수 없었다.

파라라락.

취존의 몸이 전광석화처럼 빙글 돌았다.

째째째애애앵, 파파파앗!

서걱.

"으아아악!"

도사 한 명이 비명을 지르며 뒤로 나동그라졌다. 찰나 생긴 그 틈으로 취존이 몸을 빼내려는데, 이미 다른 도사 둘이 그 앞을 막아섰다.

이들은 동료가 공격을 나간 빈자리를 벌써 메운 것이었다.

쉬이이익.

검이 호를 그리며 떨어졌다.

무당의 검은 태극을 바탕으로 한다. 그 태극이란 것이 묘하다.

강하기도 하고, 약하기도 하다. 또한 빠르거나 느리다. 문제는 그들의 검뿐만 아니라 상대의 검도 그렇게 만든다는 점이었다.

"제길!"

취존이 욕설을 뱉으며 단전을 활짝 개방했다.

화아악.

그의 몸에서 뿜어져 나오는 기운과 철검에 어린 검강이 가공할 정도로 짙어졌다.

순간, 검진 안의 기운이 느슨해지며 취존의 강한 내공을 부드럽게 흘렸다.

취존은 이를 악물었다.

아까도 이랬다. 그 결과, 공력만 잔뜩 낭비하고 고작 말코도사 한 명에게 경상을 입히는 것으로 끝났다.

하지만 이번엔 달라야 한다.

취존은 공력을 더 끌어 올렸다. 그의 철검이 강기로 인해 세 배나 커졌다.

거인의 강검.

쇄애애액!

그가 철검을 휘둘렀다.

앞과 좌우, 그리고 뒤까지 돌리며 검을 휘둘렀다.

쉴 새 없이 초승달 모양의 강기가 사방으로 몰아쳤다.

무당검선의 눈동자가 처음으로 흔들리기 시작했다.

사상자가 계속 나오고 있지만, 곧 취존을 잡을 수 있을 거라 확신했다. 하지만 그 확신이 지금 흔들리고 있었다.

"저, 저자는…… 정말 다르구나."

그가 신음처럼 탄식했다.

절대고수인 사존이나 오존보다 더 강할 것이란 얘기는

들었다. 하지만 그 차이가 이렇게 현저할 줄은 정말 몰랐다.

"으어어억!"

무당 도사 한 명이 피를 토하며 쓰러졌다.

"끄아아악!"

또 한 명의 도사가 비명을 지르다가 고꾸라졌다.

퍼억!

취존의 철검이 다른 도사의 머리를 박살냈다.

째앵!

한 도사의 검이 부러졌다.

무당검선은 몸을 부르르 떨었다.

무당의 천재들이 거의 이백 년간 비밀리에 집대성한 대천강검진이 지금 이 순간 깨져 나가려 하고 있었다. 이대로는 얼마 버티지 못할 것이 자명했다.

"안 돼!"

무당검선이 검진에 합류했다.

더 이상의 피해는 용납할 수 없었다. 그렇다면 이 비장의 진을 마교와의 전투에 투입할 수 없으니까!

아니, 그것도 그렇지만, 대천강검진은 깨져서는 안 되는 진이었다.

뛰어드는 무당검선의 안색이 창백했다.

한 명의 인간이, 다른 문파도 아닌 무당파의, 그것도 이백 년의 정화를 깰 수 있을 거라고는 한순간도 상상조차 해본 적이 없었기에!

순간, 취존의 눈에 기광이 스쳤고, 그가 히죽 웃었다.

6

한 조직의 우두머리가 갖는 의미는 특별하다는 말로는 부족하다.

수장은 상징이며 자존심이고, 동시에 자부심이다.

그리고 때로는 그 단체의 전부와 같은 무게감을 지니기도 한다.

천마검 백운회나 무상 손거문이 바로 그런 존재다. 어떤 의미로는, 따르는 사람이 많은 무림서생 천류영도 마찬가지다.

그리고 무당검선도 무당파에게는 그런 존재였다.

취존은 바로 이 순간을 기다렸다.

무당검선이 진에 합류하는 순간을.

그것을 위해서 단전의 공력을 바닥까지 박박 긁어 끌어내는 중이었다. 이 진 안에서 더 이상 시간을 허비하다가는 장기전으로 흐르게 될 것이고, 그런 와중에 사존과 오존이 들이닥치면 목숨을 부지하기 어려울 수 있었다.

그런 그의 승부수가 성공했다.

파앗!

취존의 신형이 흔들리더니 자리에서 사라졌다.

극성을 뛰어넘는 이형환위!

비록, 금방이라도 깨질 듯 흔들리고 있지만, 대천강검진은 취존에게 달라붙었다.

평소 그가 펼치는 것에 비하면 속도가 훨씬 느려졌다. 하지만 그건 어디까지나 그의 기준이었다.

다른 사람을 상대로라면 숨이 턱 막힐 만큼 빨랐다.

무당 도사들이 '헉!' 하는 헛바람을 토해냈다. 취존이 지금까지 보여준 것 중에서도 압도적으로 빨랐다.

누군가가 외쳤다.

"막아!"

이 괴물을 검진 밖으로 내보내는 것은 그들에게 절망을 뜻했다. 모두의 눈동자가 일제히 취존이 움직이는 방향으로 돌아갔다.

"……!"

도사들은 보았다.

취존이 검을 내지르는 곳에 장문인인 무당검선께서 계심을. 대체 장문인께서 언제 검진에 합류했단 말인가.

취존이 가공할 무력을 미친 듯 펼치고 있었기에 대다수가 장문인의 합류를 보지 못한 것이다.

파아아앗!

취존의 검이 보이지도 않는 속도로 허공을 찢었다.

쩡!

무당검선이 그의 검을 받아치는 동시에 반격하려 했다. 하지만 그는 뜻을 이루지 못했다.

착(捉)의 수법.

취존의 철검이 무당검선의 검신과 맞붙었다. 정확히 묘사하면, 거대한 검강을 키우고 있는 철검이 무당검선의 검을 삼켜 버렸다.

취존의 미소가 짙어졌다.

두 번째 승부수까지 통했다.

무당검선은 싸움을 보면서 이미 자신의 강함을 충분히 인식하고 있었을 것이다. 그렇기에 정면으로 받아치는 것은 피해야 한다는 것도 알고 있었을 테고.

최선의 방법은 이곳의 많은 무당 도사들이 그렇게 하듯, 검을 비껴 치며 흘리거나 회피하는 것이었다.

하지만 그는 무당의 장문인이다.

정파의 명숙들이 가지고 있는 자존심.

그 자존심 때문에라도 첫 번째는 정면으로 받을 것이라

고 여겼다.

그리고 그 한 번의 자존심을 내세운 대가는 치명적이었다. 상대는 무당검선을 비롯한 거의 모든 무림인들이 단 한 번도 상대해 보지 못한 무신지경의 절대고수, 취존이었으니까. 그리고 그 취존이 전력을 다했고 말이다.

콰직.

취존의 왼 주먹이 무당검선의 코에 박히며 오뚝한 코를 납작하게 만들었다.

"크헉!"

무당검선이 고통보다는 불신의 기색으로 십여 걸음을 주르륵 밀려나자 도사들이 비명처럼 고함을 질렀다.

"장문이이이인!"

"막아라!"

"취존을 잡아라!"

도사들의 검이 일제히 움직였다. 그 검에서 폭사한 수십여 검기가 취존을 향해 짓쳐 들었다. 동시에 무당검선 근처에 있던 도사들이 몸을 날렸다.

취존이 다가오지 못하게 장문인 앞을 막아섰다.

"크크크큭!"

취존이 스산하게 웃었다.

동시에 무당검선이 탄식했다.

"이럴 수가, 내 탓에……."

퍼퍼퍼퍼퍼퍼어어엉!

무당 도사들이 뿜어내는 검기가 취존의 전신을 강타했다. 아니, 정확히 말하면 그가 두르고 있는 호신강기에.

취존이 다시 웃었다.

그를 휘감고 있는 호신강기는 수많은 검기에 얻어맞으면서도 오히려 진해지고 단단해졌다.

그렇다.

취존의 몸에 거머리처럼 달라붙은 대천강검진이 해체된 것이다.

"크하하하하!"

그의 웃음은 사자후였다. 방금 바닥을 드러냈던 공력이 다시 단전 안으로 빠르게 모여들었다.

번쩍.

그의 철검이 허공을 베었다. 그 검이 지나가는 어둑한 공간 위로 붉은 피가 산개했다.

피 분수.

한 번의 검짓에 세 명의 도사가 비명도 못 지르고 죽어버렸다. 도사들이 허겁지겁 진을 재편하려 했지만, 취존은 그런 도사들을 한두 명씩 착실하게 죽여 나갔다.

쨍, 쨍쨍!

서걱, 서거거걱!

물론 취존의 검을 여러 차례 막아내는 도사들도 적지 않았다. 그러나 많은 도사들이 채 몇 합도 버티지 못하고 철검 아래 목숨을 잃었다.

만약 그들이 진이니 뭐니 상관없이 평소의 실력대로 착실하게 대응했더라면 이렇게까지 빠르게 붕괴되진 않았을 것이다.

하지만 당혹감과 초조함, 그리고 어느새 전의까지 상실한 무당인들은 취존의 칼을 대부분 막아내지 못했다.

비명과 탄식이 어우러지던 지옥에 정적이 찾아왔다.

그리고 그 고요함 속에서 취존 홀로 숨을 격하게 내쉬었다.

"허억, 헉헉. 헉!"

그는 이마의 땀을 훔치며 소리 없이 웃었다.

"나를 이렇게까지 지치게 했다는 점은 칭찬하지 않을 수 없군. 고작 오십 명이. 아! 이건 진짜 칭찬이니 그렇게 인상 쓰지 말라고."

취존이 말을 건네는 인물은, 무당파에서 아직까지 유일하게 서 있는 무당검선이었다.

서 있긴 하지만 피투성이였다. 그리고 왼팔이 어깨부터 사라져서 피가 줄줄 흐르고 있었다.

취존의 오른 팔도 피로 젖었다. 팔뚝에 이 촌(二寸:약 6㎝)가량 찢어진 부상이 있었다.

무당검선은 피눈물을 조용히 흘렸다.

자신 때문에 졌기에.

피를 많이 쏟은 그의 몸이 서서히 침몰했다.

허망한 표정의 무당검선을 보며 취존이 소리 내 웃고 말했다.

"하하하하! 장문인, 당신 탓이 아니야. 당신의 무공은 고강할지 몰라도 이런 실전 경험은 별로 없었잖아."

"……."

"그리고 무엇보다 당신들의 상대가 나, 무적의 취존이 었다고. 하하하하!"

파앗, 서걱.

무당검선의 목이 몸에서 분리되어 땅을 굴렀다.

취존은 웃음을 뚝 멈췄다.

삽시간에 차가워지는 얼굴. 그의 눈에서 한광이 쏟아졌 다.

"무림서생, 내 평생의 숙원을 물거품으로 만든 네 놈…… 네놈은 반드시 죽인다."

그가 고개를 들어 패왕의 별을 보며 이를 바드득 갈았 다. 그러던 그가 눈살을 찌푸리며 어둠 저편을 보았다. 아직 까마득한 거리에서 느껴지는 기운.

"사존과 오존이겠군."

저들도 곧 자신의 존재를 간파하리라.

취존은 입술을 깨물었다가 한숨을 뱉었다. 몸 상태가 좋지 않고, 내공도 부족했다.

그럼에도 싸운다면, 쉽진 않겠지만 이길 것이다. 그럴 자신이 있었다.

하지만…… 그는 몸을 돌렸다.

저들 외에 또 다른 정파인들이 몰려온다면, 그때야말로 제삿날이 될 테니까.

그는 호수를 향해 걸었다.

철퍽철퍽.

그의 하반신이 물에 잠겼다. 하지만 그는 계속 걸었다.

그의 허리가, 그리고 가슴이 잠겼다. 마지막으로 얼굴이 잠기기 전, 그의 입술이 열렸다.

"아무리 상황이 지랄 같지만, 역시 포기할 수 없다. 나는 천류영, 네놈을 찢어죽이고 반드시 패왕의 별이 되고 말겠다."

그의 눈에 기광이 스쳤고, 입가에 서늘한 미소가 생겨났다. 그 미소를 끝으로 그가 호수 속으로 완전히 사라졌다.

＊　　　　＊　　　　＊

항주를 비롯한 절강성 전역은 축제 분위기였다.

무림서생이 살아 있고, 그가 돌아온다는 소문 때문이었
다. 그리고 그 소문을 현(現) 무림맹 절강 분타주인 빙봉
모용린이 맞다며 공개적으로 선포하면서 사람들은 더 열
광했다.

천류영 일행이 마침내 절강성 남부에 위치한 혼주에 당
도했다.

이틀간 노숙을 한 그들은 피곤한 기색으로 관도를 걷다
가 깜짝 놀랐다.

혼주로 들어가는 입구.

일백여 무림인과 말을 탄 일백의 관군이 그를 기다리고
있었기 때문이다.

개방주 황걸과 팽가주, 남궁수 등 외부 인사들과 절강
분타의 주요 인물들이었다.

또한 일백의 기마군은 친황대였다. 친황대주로 복귀한
우공평이 천류영을 보자마자 하마해서는 달려와 포옹했
다.

"하하하! 살아 있었어, 정말 살아 있었군. 하긴 자네가

누군가. 그 치열한 북방에서도 살아남은 역전의 용사가 아닌가. 하하하하!"

친황대주는 눈물까지 흘리며 감격했다.

덕분에 천류영과 해후를 만끽하려던 무림인들이 뻘쭘해질 정도였다.

천류영은 약간 의아한 얼굴로 물었다.

"다시 복귀하셨군요. 감축 드립니다."

"자네가 생환한 것이 감축할 일이지."

친황대주는 어깨동무를 하며 나란히 걸었다. 천류영과 가까운 무림인들이 노골적으로 불편한 기색을 보이는데도 아랑곳하지 않았다.

결국 천류영이 그들과 눈인사를 하며 잠깐만 양해해 달라 부탁하고 대화를 이어 나갔다.

"그런데 저를 보려고 여기까지 오신 겁니까?"

천류영의 질문에 우공평이 혀를 찼다.

"헐! 자네 지금 무슨 말을 그렇게 하는가? 비록 자네가 무림인이긴 하지만, 나라에 큰 공을 세웠어. 그런 자네가 살아 있다는 얘길 들었는데 당연히 와야지. 태감 어르신이나 대원수께서는 자네가 그리 허망하게 죽었다는 말을 듣고는 거의 하루 종일 음식을 들지 못했을 정도네."

옆에서 조용히 뒤따르고 있던 독고설이 어이없다는 기

색으로 끼어들었다.

"고작 하루인가요?"

우공평이 '감히!' 라고 내뱉으며 노한 얼굴로 고개를 돌렸다가 웃었다.

"하하하, 청화였소? 오랜만이오. 내가 천 공자에게 반하긴 했나 보오. 그대와 같은 미녀가 옆에 있는데도 보지 못했다니."

"예, 오랜만에 뵙네요. 별로 달갑지 않은 인연이었지만. 그리고 청화가 아니라 검봉이라 불러주시면 고맙겠네요."

말에 뾰족한 가시가 돋쳤다.

우공평이 이맛살을 찌푸리며 물었다.

"천 공자가 살아 있는데 왜 그리……."

독고설이 냉큼 그의 말을 끊었다.

"제 사랑하는 임을 북방의 전장으로 끌고 가신 분을 제가 어떻게 반가워할 수가 있죠?"

우공평이 곤혹스러운 얼굴로 말을 받았다.

"그게 무슨 말이오? 그때 나는 거의 천 공자에게 끌려가다시피……."

독고설이 또 그의 말을 끊었다.

"간신히 살아 돌아온 사람에게 책임을 뒤집어씌우고 싶

나요?"

"끄응, 사실인데……. 뭐, 내가 참겠소. 북방에 있는 동안 우리 천 공자가 매일 그리워하던 사람이니까. 그런 사람과 싸울 수는 없는 노릇이지."

그 말이 떨어지기 무섭게 독고설이 천류영에게 고개를 돌렸다.

그녀의 볼이 약간 붉어졌다.

"설마요. 일할 때는 집중하느라 아무것도 모르는 사람인데."

"뭐, 그건 그렇지만, 틈이 날 때가 있잖소. 밤이면 하늘을 보며 중얼거리곤 했소. '설아, 잘 있는 거지?', '설아, 몰래 떠나와서 미안해', '설아, 보고 싶다', '설아……'."

결국 천류영이 손으로 우공평의 입을 틀어막았다.

"흠흠, 주변에 사람이 이렇게 한가득인데, 제발 그만 좀 하십시오."

독고설이 어깨를 으쓱거리며 웃음을 참는 표정으로 말했다.

"뭘요, 좋은데요."

주변에서 걷던 사람들이 폭소를 터트렸다. 그리고 그들이 왜 웃는지 궁금해하는 주변 사람들에게 얘기가 전파됐다. 꼬리에 꼬리를 물고 계속.

천류영은 한숨을 삼키고 우공평에게 물었다.

"그럼 제 생사를 확인하는 것 외에 다른 이유는 없습니까?"

"아! 중요한 얘기가 있네. 자네도 들었겠지만, 이번에 사오주인가, 사육주인가…… 어쨌든 사파 쪽의 무림인들이 천 명이 넘는 백성들을 죽이는 일이 발생했네."

천류영의 얼굴이 급격하게 어두워졌다.

"예. 오다가 들었습니다."

"그 일로 인해 황제께서 진노하셨어."

천류영의 눈빛이 예리해졌다.

"그럼…… 관이 무림에 간섭할 가능성이 생긴 겁니까?"

천류영은 그럴 가능성이 충분하다고 여겼다.

북로동군이 여진족을 정리하면서 병력에 여유가 있기 때문이었다.

우공평이 쓴웃음을 깨물었다.

"사파에 야월화란 책사가 종횡무진 움직이면서 일단 덮었네. 적지 않은 뇌물을 뿌린 모양이더군. 젠장, 그 많은 돈이 다 어디서 나는 건지."

천류영이 어이없다는 기색이 되었다.

"그래도 천 명이 넘게 죽은 대형 참사입니다."

"야월화에게 뇌물을 받은 간신들이, 그녀의 주장을 계속 설파했어. 어두운 밤이었고 정파인들과 뒤섞여 일반 백성인 줄 몰랐다는 거지. 또한 나중에 정파인들 사이에 백성들이 있는 것을 깨닫고 물러났다는 주장이 제법 먹혀들었고. 뭐, 결론은 뇌물 때문이지만."

천류영은 허탈한 얼굴이 되었다.

"어떻게……."

우공평이 한숨을 내뱉고 말을 끊었다.

"황실 내부 사정도 녹록치 않아. 뇌물이나 처 받아먹는 간신들이 득실거리는 곳이라고. 그리고 그들의 힘과 세력은 결코 만만히 볼 수 없는 것이 사실이지."

"……."

"그래서 태감 어르신께서는 자네가 필요하다고……."

이번엔 천류영이 말을 끊었다.

"그 얘기는 그만하죠. 대주님도 제가 무림을 떠날 수 없다는 걸 잘 아시잖습니까?"

"뭐, 그렇긴 한데. 아쉽다는 거지."

"그럼 혹시…… 관에서 치안에 더 관심을 기울일 것 같지는 않습니까? 병력의 여유도 생겼을 텐데."

우공평이 쓴웃음을 깨물었다.

"그것도 어려워. 자네도 알겠지만, 이 대륙을 지배했던 모든 나라의 치안은 대도시에 한정돼 있었지. 그 외는 지금처럼 형식적이었고. 땅덩어리가 좀 넓나."

"……."

"중요한 핵심 도시를 제외하고는 지금껏 지방 호족들이나 무림이 치안을 유지한 것이 사실이잖나. 자네가 무림을 고집하는 이유엔 그것도 있는 것으로 알고 있는데?"

"그래도 수십만의 병력이면 관이 치안을 담당할 지역을 상당히 확보할 수 있을 겁니다. 그것만으로도…… 적지 않은 수의 백성들이 더 안심하고 살아갈 수 있습니다."

우공평이 동의한다는 낯빛으로 고개를 끄덕였다.

"어쨌든 앞으로 항주에서 일어난 비극은 다시 일어나기 쉽지 않을 거야. 절강성을 가리켜 하늘도 버린 땅이라고 했지. 그걸 자네가 바꿔놓았어. 덕분에 황궁도 예전처럼 그렇게 민생과 치안에 무심할 수는 없게 됐지. 나라가 개인 한 명보다 못하다면 그런 망신이 어디에 있겠나? 하하하, 어쨌든 그렇게 작은 변화들이 꿈틀거리고 있네."

"……."

"자네 성에 안 차는 것 잘 아네. 하지만 내가 직접 자네를 만나러 이곳까지 온 것은…… 자네를 보고 싶어서기도 하지만, 이 말을 전하고 싶어서였네."

"……."

"자네가 만든 세상의 변화가 조금씩 퍼져 나가고 있다는 거야. 그것만은 확실하네. 그러니 실망하지 말라고. 원래 개혁이란 것이 그렇게 힘들고 지루한 것이니까. 그 말을 해주고 싶었지."

독고설이 천류영의 손을 잡으며 부드럽게 말했다.

"그래요. 초조해하지 말아요. 당신이 이 길을 나선 지 고작 삼 년이에요. 그 삼 년 만에……."

그녀는 말을 끊고 눈을 치켜떴다.

수많은 인파들이 앞에 몰려나와 있었다.

우공평이 어깨를 으쓱하며 웃었다. 아니, 천류영을 마중 나온 무림인들과 친황대가 모두 미소 지었다. 그들은 이미 환영 인파를 보았던 것이다.

천류영의 무사 귀환을 축하하기 위해서 나온 민초들이었다. 그리고 천류영의 얼굴을 한 번이라도 보고 싶어 나온 절강성의 백성들이었다.

우공평이 천류영의 어깨를 두드렸다.

"예전에 자네가 패왕의 별이 되겠다고 말하면서 나에게 했던 얘기들 생각나나? 자네의 노력과 희생으로 수많은 사람들이 조금이라도 더 행복해지면 좋겠다고, 뭐, 그딴 얘기들을 자네가 지껄였지."

"예, 기억납니다."

"나는 그때 너무 이상적이라며 비웃었네. 하지만 변하지 않고 꿋꿋하게 그 가시밭길을 걸어가는 자네를 보며 감동을 받고 깨달았네. 원래 꿈은 거창하고 이상적이어야 한다는 것을. 그건 절대 무시할 것이 아니란 것을. 만약 그 꿈마저 초라하고 허접한 현실에서 벗어나지 못한다면…… 그거야말로 진짜 슬픈 일이니까."

"……."

"내가 진짜로 하고 싶은 말을 하겠네."

천류영이 고개를 돌려 우공평을 보았다.

"부디…… 죽지 말고, 변심하지 말고 끝까지 가보게. 그 끝이, 수많은 선각자들과 마찬가지로 비록 허망할 지라도……. 자네가 걸어간 발자취는 헛되지 않을 테니까. 자네가 성공하든 실패하든, 그건 뒤에 따라올 선각자들의 등대가 될 것이라 믿네. 또한 지금 살아가는 이들에게는 희망이 될 것이고."

천류영이 어깨를 으쓱하며 미소 지었다.

"너무 거창한데요. 저는 그렇게 대단한 사람이 아닙니다."

독고설이 잡은 손에 힘을 주었다.

"아뇨. 당신은 대단히 멋진 사람 맞아요."

"설아⋯⋯."

"내가 사랑하는 사람이잖아요."

"⋯⋯."

"사랑하고 또 그런 자신을 사랑해 주는 사람이 있다면, 그것만으로도 충분히 멋진 인생을 살고 있는 거라고 생각해요. 세상의 모든 연인들에게 상대방은 패왕의 별이에요."

천류영이 환하게 웃으며 고개를 끄덕였다.

〈『패왕의 별』 3부, 제25권에서 계속〉